「……動いてみろ」
さらに本俊は、淫らな命令を下す。
躊躇した途端、下から腕を伸ばして乳首をつねられた。
「……やっ」

BUNKO

絶対者に囚われて

バーバラ片桐

この物語はフィクションであり、実在の人物・団体・事件等とは、いっさい関係ありません。

Rose Key BUNKO

CONTENTS

イラスト・海老原由里

絶対者に囚われて

〔一〕

喪失は突然で、無慈悲だった。

僧侶の読経《どきょう》が続く中、喪主席に座った神城友那《かみしろゆうな》は呆然と宙を見据えていた。

——父と母と兄が死んだ。……殺された。

その事実が繰り返し、頭に浮かび上がっては消えていく。いきなりの事実を、どう受け止めていいのかわからないままだ。

親元を離れ、生まれ育った渋谷《しぶや》の街とはまったく違うのんびりとした地方都市で一人暮らしを楽しんでいた友那の元に、訃報《ふほう》が飛びこんできたのがおとといのことだった。

国立大学の法学部に入学して、まだ一年も経《た》っていない。とるものもとりあえず、駆けつけることしかできなかった。葬儀を手配し、その一切を整える役目は、広域指定暴力団である組の舎弟《しゃてい》が全てしてくれた。友那は、ただ喪主として座っていればいいとだけ言われた。

訃報を耳にしてから今まで、ずっと悪夢の中にいるような感覚が消えない。早く目を覚ましたくて仕方がないのに、いくらもがいてもこの現実からは逃れきれない。

渋谷区を縄張りとしている神城組《かみしろぐみ》の喪主として友那に準備されたのは、黒羽二重《くろはぶたえ》の紋付きの着物と羽織に、縞《しま》の袴《はかま》だった。日常では結婚式のときぐらいしか見ることのない最礼装だが、友那にとっては着慣れないものではない。背筋をまっすぐ伸ばして凜《りん》とした姿のまま動かずにいることも、昔から仕込まれたからさして苦痛ではない。

血の気の失せた白い肌に黒の喪服はひどく映え、整いすぎて女性的にすら見える友那の顔立ちをより一層引き立たせている。

これが神城組の跡取りかと、葬儀に集《つど》った客たちは遠慮なく見定めていったようだが、友那にとっては自分の姿が葬儀客にどう見られるのかまでは、まったく考えられないでいた。座敷の隅で端座する友那にかしずくように、舎弟たちが友那が果たすべき役割を一つずつ教えてくれる。それをこなすだけで精一杯だ。

——嘘だ。

茫然自失のまま、友那はただ否定し続けている。

嚙《か》みしめすぎた唇が切れてかさぶたを作り、眠ることができないために肌が青ざめていても、それは友那の水際立った美貌《びぼう》を損なうものではなかった。濡れた二重の瞳や定まらない眼差《まなざ》しが、友那の持つ凜とした気品に今にも壊れそうな危うさを加えている。

暴力団の次代としてはいささか頼りない姿ではあったが、友那には匂い立つような色香があった。誘いこまれるように視線を向けて、苦笑とともにそらすのは葬儀に呼ばれた男たちだ。

友那は時折自分を凝視する視線に気づいて顔を向け、またすぐに瞼《まぶた》を伏せる。昔から、このような視線には慣れていた。自分の姿が、不本意に同性を引きつけることには。

――こんなとき……。

会いたいと思う人は一人だけだ。

組長の家に生まれ育ったものの、危険な雰囲気を持つ組員たちに親しめず、家業を心の中で嫌っていた友那には、この家は忌まわしいものでしかない。

会いたいと思う相手は、きっと葬儀には現れることはないだろう。

渋谷の一等地にある神城の家で、葬儀は営まれていた。

座敷からは全て襖《ふすま》や障子《しょうじ》がとり払われ、一階全体が八十畳の一間にされていた。その正面に大きな祭壇が組まれている。そこに友那の父と母と兄の遺体が安置されていた。

庭にも、ぎっしりと客が詰めかけている。「義理かけ」の客ばかりだ。暴力団ではこういう祝儀・不祝儀などの行事に関しては義理をつくすことになっており、神城組と関係のある組織や人物が続々と姿を現している。神城家は戦後から地域に密着して共存してきた『神城組』という博徒《ばくと》系の暴力団の、代々の組長を務める家だった。

死んだ三人の乗った車は、四日前の深夜に国道で猛スピードで対向車線側にそれ、欄干《らんかん》を突き破って五メートル下の高架下に転落したそうだ。車は衝撃によって爆発、炎上し、運転していた兄と父は即死で、母も収容先の病院で死亡したと聞く。警察では事故の原因を調べているそうだが、現場にはブレーキ痕が残されておらず、事故の状況からもかなりの速度が出ていたのではないかと考えられているらしい。調査が引き続き行われている。そのことを友那は、警察で聞いた。

葬儀には、ひっきりなしに弔問客《ちょうもんきゃく》がやってきては、帰っていく。

抗争を警戒して警察官が立つ門扉《もんぴ》の前には黒塗りの高級車が次々と止まり、いかにも筋者の人間たちが手下を従えて降りてくる。

神城組の家に生まれたものの、友那はそちらの世界の仁義について、あまり踏みこんでは知らない。組を継ぐのは兄の英唯《ひでただ》と決まっていたし、父は、組とは関係なく生きていきたいと宣言した友那に何らかの強制をすることはなかった。親元を離れて地方大学への進学も認められたのは、昔から引っ込み思案で、暴力沙汰《ざた》に怯《おび》える意気地のなさを見放されたからだろう。期待されないのは気楽だったが、少し寂しかった。

——父と母と兄は殺された、って聞いた。これはただの事故ではなくて、殺しだと。

命のやりとりをするような稼業だ。

それでもいきなり、こんな最期が家族に訪れるなんて考えてもみなかった。

だが思い出せばその予兆と思えることはあった。夏休みに帰省しようとしていたとき、兄から電話がかかってきた。渋谷の縄張りを狙って、他の組とのトラブルを抱えているから、帰ってくるなといきなり言われたのだ。

友那が物心ついたときには、暴力団は派手な出入りや抗争をする時代ではなくなっていた。

たまに父や組員の気配がピリピリすることはあったが、危機感を覚えていたわけではない。いきなり友那以外の家族が皆殺しにされるような抗争に発展するなんて、予想だにしていなかった。

——俺だけが部外者だったのか。

噛みしめた唇が、またかすかに血の味をにじませる。

友那を気にかけ、たまに不自由はないかと電話をかけてきた兄は、こんなふうに殺されることを覚悟していたのだろうか。夏休みは結局帰省することはなく、兄が九月末ごろにかけてきた電話を思い起こしてみても、特に死に至るほどの危険を察知していたとは思えずにいる。

——あれが、兄との最後の電話になった。

こっちは食べ物がおいしい、と友那が言うと、『送ってこい』と兄は笑った。結局日々の雑務に紛れて、送るタイミングを逸した。五つ年の離れた兄は心が広く、昔からかばってもらったり、いろいろ気遣われるばかりで、友那が役に立ったことは何一つなかったような気さえする。

——その兄さんが。

兄の笑顔を思い出すだけで、何も考えられなくなった。

涙さえにじまないほどの、茫然自失の中にいた。胸が苦しくて、何もかも空っぽになったようで、全身がひどく冷たい。

「友那様」

横にいた組員から軽く膝《ひざ》に触れられて、友那はハッとして顔を上げた。

僧侶の読経が終わっていた。真っ先に焼香をするのは、喪主である友那の役目と決まっているらしい。友那は僧侶と客に一礼してから立ち上がり、焼香台の前に進む。

——怖い。

極道の持つ張りつめた独特の空気が、友那は苦手だった。

皆の視線が、自分に突き刺さってくる。圧力すら感じるほどの眼差しを持つ客も中には混じっていて、友那は震えないでいるだけで精一杯だ。

『——あれが、神城組の次代？』

そんなからかうような声が、どこからか聞こえてくるような気がした。

線が細く顔立ちも繊細で、まだ十九だ。そんな自分に次代組長としての貫録が備わってないことぐらい、自覚している。幼いころから仕込まれていた兄とは違うのだ。

友那は何とか焼香を済ませ、元の席に戻る。

それから、焼香する参列者の一人一人に深く頭を下げていった。

——これが、父の関係者か。

友那がひたすら避けてきた、極道の社会がそこにはあった。

幼いころから、友那はヤクザの息子ということで、周囲から色眼鏡で見られたり、友人から敬遠されてきた。自分の家が普通じゃないのが嫌でたまらず、ひたすら平凡でありたいと願っていた。地方の大学に進み、自分の家のことは誰も知らないところで一人暮らしを始めて、友那はようやく本来の自分を取り戻したような気がした。平凡であり、目立たずに暮らす開放感を知った。だが、それにすら慣れていないうちに、いきなりの大事故だ。

——だけど。俺が継ぐと決まったわけじゃないし。

友那が葬儀の喪主になったのは、ただ一人遺された神城の息子だからで、次代を継ぐというお披露目《ひろめ》の意味はない。ないはずだ。

——暴力団は一般的に、世襲じゃないし。

そんなことぐらい、友那は知っている。

だが、盤石の重石であるカリスマめいた父の意志のもとに、神城組は動いていた。歴史があり、神代の血に対しての組長たちの忠義は、宗教めいたものとさえ友那は感じることがあった。神代の血を継ぐ者以外は組長になったことはなく、そのあたりが他の組とは違っている。神城組は組員二十人ほどの小さな組織だったが、一にも二にも神城の血統を立てることにこだわり、友那以外の次代など考えられずにいるらしい。そのことを、友那は感じてならない。

——俺には、無理なのに。

人には器というものがある。いくら小さな組といえども、友那には極道の組長としてどっしりとかまえられるような力量はない。そもそも、家の中にいた組員にすらビクついていた友那に、彼らをとりまとめることができるはずがない。

――だけど。

両親と兄を亡くして、友那の心は揺らいでいた。

ヤクザなど大嫌いだ。任侠の世界は時代遅れだと思っていたし、暴力団対象の取り締まりの法律が次々と成立する中、ヤクザとして生きるのがどれだけ厳しいか理解できる。世間に突っ張り、自分に突っ張り、意地や見栄のために不自然な生き方を強いられるのはごめんだ。平凡でいいから、心穏やかな暮らしを送りたい。

それでも、このままむざむざと泣き寝入りしていいのだろうか。

『殺されたんですよ！　オヤジは！』

友那が駆けつけたとき、ようやく警察から戻されてきた遺体を前に、組員が血を吐くように叫んだ声が耳の奥に残っている。遺体は黒こげで、友那が覚えている父や母や兄の面影はどこにもなかった。ただ焼け残った母の指先だけが綺麗だった。

『篠懸会《すずかけ》のヤツラです！　あいつらに決まってます。あいつらがオヤジたちの車を……！』

渋谷という繁華街をめぐって、神城組と篠懸会は衝突を重ねていた。篠懸会は新参の組であり、金のためなら何でもやるようなところがあった。早期に渋谷全域を押さえて、歌舞伎町《かぶきちょう》に進出したいという野望を抱えていたらしい。篠懸会は渋谷にたむろする若者たちに、麻薬を広げようとしていた。

そのことで、昔ながらの暴力団である麻薬厳禁の神城組とはぶつかることが多く、麻薬を仕入れるなどのつきあいのある海外マフィアの殺し屋でも使ったのではないか、というのが組員たちのもっぱらの見解だった。

——だけど、証拠は何もない。

まだ遺体が戻ってこないうちから弔《とむら》い合戦だと息巻く組員たちをどうにか抑《おさ》えて、友那は捜査をしている警察署に再度向かったときのことを思い出す。

ヤクザの息子だと知った途端、侮蔑《ぶべつ》的な微笑《ほほえ》みを浮かべて追い出そうとする捜査員たちに食い下がり、ひたすら受付で待ち続けたあげく、どうにか五分だけ話を聞くことができた。

警察は最初に伝えた話以外に、車のブレーキへの細工についてだけ認めた。それ以上の捜査については教えてくれなかった。解剖が終わった遺体をそのとき自宅に戻すことを許され、ようやく葬儀の日程が決まったけれども、帰り際に組織犯罪対策課の刑事が出てきて、友那の肩をつかんで壁沿いに押しつけながら脅しつけた。

『いいか、抗争はするな。——絶対だぞ。万一、弔い合戦なんてことがあったら、てめえらの組は一人残らずぶち込んで、壊滅させてやるからな』

——まるで、そっちのほうがヤクザみたいだった。まともな一般人のあつかいじゃない。

今日の葬儀にも、制服警官や刑事が大勢見張りに立っているようだ。暴力団対策法施行以前はそこそこなれ合いの雰囲気があった警察と極道だったが、今ではそんな雰囲気はない。互いに冷ややかな侮蔑と敵対があるだけだ。

――だけど、弔い合戦はないはず。

友那は次第にわかってきた。

張りつめた雰囲気は表面だけだ。

漏れ聞こえる組員たちのつぶやきから、彼らの心が伝わってきた。父と母と兄の死を、彼らは心の底から悲しみ、受け止めきれずにいる。だが、古参の組員は年を取り、組に出入りする若い衆とは盃《さかずき》を交わさないようにしていた。暴対法下、組員として名を連ねないほうがずっとシノギがしやすいからだ。

時代が変わったんだと、兄は友那に語っていた。命知らずの鉄砲玉を多数抱える篠懸会が相手では、神城組に勝ち目はない。篠懸会は組員だけでも倍以上いるし、一声かければ集まってくる暴走族あがりの暴力的な若者も多数抱えている。昔ながらの仁義に縛られた任侠集団である神城組とは、組織のあり方からして違っていた。

『ヤクザは犯罪集団じゃない』

父が幼いころ、友那に語った言葉が思い出された。

『金になることなら何でもするようなところじゃない。マフィアとは違うんだ。面子《メンツ》を大事にするあまり抗争をすることもあるが、それも全部話し合いによって解決してきた』

そんな神城組は滅びに向かいつつある。

祭礼から追い出され、神城組と関連の深いテキヤは露店から締め出された。神城家の前で神輿《みこし》が休憩しなくなり、子供たちにお菓子をたくさんふるまうのを楽しみにしていた父は、一切関わるなという警察の指導に憤《いきどお》っていた。

今、勢力を伸ばしているのは経済方面に特化したか、マフィア化して地下に潜る犯罪組織ばかりだ。この先、神城組が生き延びようとするなら、時代を見抜く力を持った力のあるカリスマが必要だった。兄でもこなせるかわからないぐらいだ。自分では無理だ。

カリスマ、という言葉に、友那は脳裏に刻まれた男の姿を思い出す。

――昔、いたんだ。兄よりも、次代にふさわしい度量のある組員が。

だけど、彼は組を去った。

本来ならば三下《さんした》として皆に使われる年齢だったのにもかかわらず、彼の度量はずば抜けていた。年が若いからと侮《あなど》られることなく、組の中でも特別あつかいされるほどだった。

友那は記憶に刻まれた名前を思い出す。

――宮脇本俊《みやわきもとみね》。

彼こそ、友那がもう一度、再会したいと願う相手だった。組の混乱をしずめるためには、彼が必要だ。組から突然いなくなったのと同じように、いきなり戻ってきてくれないだろうか。

友那の肩にこの荷は重すぎる。この荷を彼に託したい。すがるようにそう思う。

友那は通夜に集う喪服の人々を、一人一人見つめた。ずっと待っているのに、本俊の姿はない。あの端整な容姿の長身を見つけ出すことはできない。

本俊は、今、どこにいるのだろうか。


吐く息が白く流れる。

十月中旬の深夜。都会の街路樹もあまり色づいていない季節なのに、ここ数日は大陸からの寒気によって冷えこんでいるようだ。

通夜ぶるまいのときに飲まされた酒はすっかり醒《さ》め、友那はブルッと肩を震わせた。身にまとっているのは、葬儀のときの喪服だった。黒羽二重が深夜の闇に溶け、純白の重ね襟《えり》が浮び上がって見える。

最礼装の祝儀と不祝儀を区別するのは、鼻緒の色だけだ。純白の足袋《たび》に黒の鼻緒を食いこませて、友那は神城の家の裏口から、そっと抜け出した。

組員たちは組長と母と兄の思い出話を涙ながらにしたあげく、時間とともにへべれけになって酔いつぶれていった。友那は夜伽《よとぎ》の番を頼まれたが、しばらく横になって休みたいと言うとあっさりと番から外してくれた。組員の一人が、友那のために布団まで敷いてくれた。

そんな組員たちの気遣いが、温かくて辛《つら》い。暴力団を嫌って、本俊以外の組員とは親しむこともなかった友那なのに、亡き組長の忘れ形見として慈《いつく》しんでくれるのが伝わってきた。何も告げずに友那が出て行って何をしたか知ったら、彼らは悲しむだろうか。

友那は路上に出て、左右を見回した。警察が張っていると聞かされていたが、深夜の路上にはそれらしき人影はない。葬儀のときのようすから、神城組は動かないと警察は判断を下したのかもしれない。

――やっぱり、うちの組は警察にも舐《な》められてるのかな。

友那の口元に、苦笑がくっきりと刻まれた。どうとでもして欲しいような、やけっぱちの気分だった。

だが、いきり立つ組員を前に、友那は通夜ぶるまいの席でキッパリと伝えていた。

『神城組は、弔い合戦はしない。ただし、篠懸会が事故を仕組んだという証拠が手に入ったら、その限りではない』

組員たちを納得させるために、そう付け加えた。

弔い合戦などしない。神城組の組員たちが面子のためだけに傷つくのはバカげているし、組織対組織では神城組に勝ち目はない。出入りを企てたと知られたら、組は警察によってつぶされる。あれはただの脅しではないと、通夜の席で神城の親戚筋が警告していった。警察は暴力団をつぶすためなら、今は何でも利用する、と。

――だけど、俺個人が弔い合戦をしないという意味じゃない。

父と母と兄の遺体をこの目で見たときから、ずっとのど元に引っかかっていた思いがあった。

最初は喪失感だけが強くて、現実だとは思えなかった。それでも葬儀が終わり、祭壇中央に飾られた遺影の前に座ってひたすら眺めていたら、じっとしていられなくなったのだ。

——父と母と兄は殺された。篠懸会に殺された。

その言葉が、ぐるぐると頭の中をめぐる。他のことは何も考えることすらできない状態に陥っていた。

——篠懸会に殺された。

証拠は何もないし、憶測で決めつけるのはどうかと、組員相手に意見した友那だ。そのくせ、自分では篠懸会が犯人だと頭から決めつけてしまうのは矛盾している。おそらくこんなふうになるのは、どこでもいいからこの憤りをぶつける具体的な対象が欲しいからだ。そうでなければ、あまりの悲しみに胸がつぶれそうだった。

『今頃、篠懸会は酒宴でも開いてるぜ』

組員の一人が酔いつぶれる間際に言い残した言葉が、友那を突き動かした。

今頃、篠懸会の組事務所はいったいどんなようすなのだろうか。本気で酒宴を開いているのではないだろうか。

想像したら、居ても立ってもいられなくなった。だからこそ、友那は外に出たのだ。

四日前に訃報を受けたときから、友那はほとんど眠っていなかった。自分では冷静なつもりでいたものの、まともな判断力はとっくにないのかもしれない。

家族を殺されたと知らされたときのショックは、臓腑《ぞうふ》をえぐられるようで、人を殺したいと思うほどの憤りも、死んでしまいたいと思うほどの悲しみと同時に味わっている。全身が冷たく凍えたままだ。どうしたらこの人形のような感覚が元に戻るのかわからない。自分は一生このまま、眠ることができないのではないか。時が流れるのが信じがたいほど遅く、そのくせ現実感がなく、頭の芯に冷たい錐《きり》でも突き刺さっているようだ。

――事務所のようすを見てどうする？　一人で殴りこみでもかけるつもりか？

頭の中の冷静な部分が、夜道を歩き続ける友那に問いかける。

ドスをにぎったこともなければ、殴り合いのケンカすらろくにしたことがない。暴力沙汰は怖く、刃物を見ただけで身体《からだ》がすくむ。そんな自分が、暴力のプロを相手に、何もできるはずがないのに。

――だけど、今なら。

普通じゃない今なら、何かができるような全能感がある。

歩いているだけで、頭を覆っていた靄《もや》が少しだけ晴れた。

篠懸会が組事務所で酒宴など開いてるはずはない。万一、事故を仕組んでいたとしても、そんなわかりやすい行動など取るはずがない。そのように判断がつくようになっても、友那は足を止めることができない。

手には獲物はなく、懐《ふところ》にドスも呑んでいない。まったくの徒手空拳《としゅくうけん》の姿だ。このまま、篠懸会の事務所に行くつもりかと、みずからに問いかける。

——だけど、行きたい。

このまま、足をすくませずに、組事務所まで歩いて行きたい。そして、篠懸会の責任のある立場の人に聞いてみたい。

父と母と兄を殺したのは、本当に篠懸会なのか、と。どうして両親と兄を殺したのか、と。お金のために、本当に彼らはそんなことまでできるのだろうか。たかだか縄張り争いのためだけに、三人もの人を殺せるのか。

そのことがどうしても知りたかった。警察の捜査が進むまで待ってられない。今すぐ答えが知りたい。そのためには、篠懸会の事務所に乗りこんで、直接尋ねることしか考えられないでいた。

——本当だったら、許せない。

答えを聞いたあとのことは、まだ何も考えていない。

身震いするほどの怒りに、何も考えられないままだ。

深い喪失の後の、頭が真っ白になるような興奮に友那は包まれていた。何もせずにいると、頭や胸が内側から破裂してしまいそうだった。どんな形でもいいから、この憤りを外側に向けて吐き出さなくてはいられない。そんな精神状態にあった。

相手はヤクザだ。身内ならともかく、敵に回ったヤクザがどれだけ怖いか、わかってはいた。

だけど、この身はどうなってもいい。投げやりな気分があった。

――殺すんだったら、殺せ！

着ているものが、そのまま死装束になってもかまわない。失うものは何一つない。失ってみて初めて、家族がどれだけかけがえのないものだったか、思い知った。

ヤクザの子供ということで中学時代に陰湿ないじめにあっていたとき、父が学校に怒鳴りこんでいったときの声が、耳の奥によみがえる。

『うちの子がいじめられてるのに泣き寝入りなんてできるはずねえだろ。何せ、可愛くって愛らしくて、仕方がねえ子供だ。子供を守ってやれるのは、親だけだろ。自殺でもされたらたまんねえからな』

父の怒鳴りこみはあまり効力があったとは言えず、結局、卒業までクラスに馴染《なじ》むことはできなかった。それでも、父の言葉はひどく嬉《うれ》しかった。ヤクザの息子として父の期待に沿うことはできなかったが、父に心から愛されているのだと初めて実感できたのだ。

母や兄との思い出も、胸に次々とこみあげてくる。胸がはち切れそうに痛くなった。だけど、瞳は乾いたままだ。泣くまでの余裕は今の自分にはないのかもしれない。友那はひたすら夜道を歩いていく。

『どうして、俺の両親と兄を殺した』

ただそれが知りたかった。

何かに取り憑かれたように、友那は歩を進める。

深夜まで人々が行き交う渋谷の街も、道さえ選べばほとんど人と顔を合わせずに歩いていくことができる。子供のころからそこに住む友那にとって、難しいことではなかった。

固くシャッターを閉ざしたビルに囲まれて、街灯だけが道を白々と照らし出していた。

あともう一つ角を曲がれば、篠懸会の組事務所の看板が見えるはずだった。

「おっと」

前の一点だけ見つめて歩いていた友那は、すぐ近くを誰かが歩いてきても、顔すら向けることはなかった。すれ違いざまに、肩がぶつかる。

「つ！」

もしかしたら、わざとなのかもしれない。ドン、と突かれたような痛みがあった。友那は振り返って、ガラスのように無感動な瞳を相手に向ける。組事務所に飛びこもうとしている友那に、怖いものは何もなかった。

「おや」

彼は友那を見据え、整った顔にかすかな微笑みを浮かべた。

「友那様じゃないですか」

アルマーニのスーツの上下に、ぴったりあつらえたような黒のロングコート。百九十センチを超える鍛え上げられた長身からにじみ出る、日本刀のような峻烈《しゅんれつ》な殺気。瞳には、人を射すくめるような力があった。まともじゃない雰囲気を持った男だ。普通の人間なら、おそらく彼と視線を合わせることすら避けるだろう。

しかし、その男は友那を見て穏やかに微笑んだ。

「お久しぶりです。ご無沙汰しておりました」

その挨拶に、友那は瞬きをした。

不意に正気が戻ってくる。

会いたいと思っていた相手に、こんなところで会えるとは思わなかった。

七年ぶりに友那は、彼の名を呼んだ。声はどこか甘く響く。その声に呼応して、本俊の瞳の光が和らいだ。

「本俊」

すがるように友那は、本俊を見上げる。

端整な顔立ちに、人を食ったような眼差しは昔と変わらない。

神城の家にいたときは、今の友那とさして変わらぬ年齢だったはずだ。しかし、そのころから本俊はずっと落ち着いていた。

兄はたぶん、父よりも本俊に憧《あこが》れていたに違いない。友那もそうだった。任侠映画の中のス

ターのように本俊は艶やかで、一挙一動に隙《すき》がなかった。何よりものすごくハンサムで、そのくせ組長の家族に対しては穏やかで優しく、友那は家族の誰よりも本俊に懐《なつ》いていた。

しかし、彼は友那が中学に入学する前に組を去った。いきなり、何の別れも告げずにいなくなった。

その理由が、友那は今でもわからない。

父が本俊を追放したのかと思って、ひどく恨んだものだ。今、本俊に尋ねたら、いなくなった理由を教えてくれるのだろうか。

「おまえ、何故……っ」

「神城の家にご不幸があったと聞きまして、駆けつけて参りました。所用で、だいぶ遅くはなったのですが」

「通夜はもう終わったよ。明日が告別式」

「出席するつもりはありません。私は神城から破門された身ですから。遠くから一目なりとも、ご冥福を祈りに」

「破門？」

その事実も、友那は初めて聞いた。

破門になれば、破門状が出る。関連のある組に、誰それは破門したので、うちとは今後無関係だという回状が回る。しかし、友那は本俊に関しての破門状を見たことがない。破門になったという噂《うわさ》も聞いたことがなかった。

「破門されてないよ、おまえは。何かの間違いじゃないの？　回状は一切回っていないと思う」

「それでも、破門されたのですよ、私は」

本俊はキッパリと告げた。何もかも承知しているというような静かな諦念《ていねん》が、その表情からは読み取れた。だからこそ、友那は聞けなくなる。

——どうして、破門になったの？

それが知りたかった。父の信頼を得ていた本俊は、組を裏切ることをしたというのだろうか。

「こんな格好で、どちらに行くおつもりですか、友那様」

丁寧《ていねい》な物言いは、神城の家にいたときのままだ。だけど、その当時よりも彼は一層垢《あか》抜けて、迫力が増したようだった。

金に困っていないのは、身につけている品でわかる。最高級のアルマーニのスーツにコート。靴《くつ》も時計もピカピカで、ふんだんに金をかけている。そして、その外見から本俊がおそらく極道の人間だということも。

「おまえには関係ない」

すがりたくなる気持ちを抑えて、友那は冷ややかに突っぱねることしかできなかった。

本俊はすでに外部の人間だ。甘えていい相手でも、心を許していい相手でもない。だけど、そう思う傍《かたわ》らで、彼が助けてくれたなら、この急場がどれだけしのぎやすいだろうかと心の片隅で考えていた。ずっと、彼が来てくれるのを待っていたのだ。

しかし、本俊は何も告げずに友那から離れていった。そのことに対する、すねたような思いがある。

友那の答えに、本俊が苦笑するように唇の端を歪《ゆが》めた。

この笑みも、昔と変わってはいない。友那が困らせるようなことを言ったときに、本俊が浮かべた笑みそのものだ。

友那の眼差しは、本俊に吸い寄せられたまま外せなくなってしまう。

本俊は穏やかに続けた。

「この先にあるのは、篠懸会事務所ですが。……こんな深夜に、出入りでもかけるおつもりでしたか」

軽い調子の言葉だったが、完全に見透かされたことに友那の鼓動は跳ね上がる。

——そもそも、本俊はどうしてこんなところにいるんだろう？

「出入りでもしないと、格好がつかないだろ」

疑問を抱えながらも、友那はつっけんどんに答えてみた。言葉を交わすたびに、本俊に対する甘えのようなものがにじみ出してしまう。

「たった一人で、武器《えもの》も持たずに、ですか」

本俊は微笑みを浮かべたままだ。

その表情は親しみのためではなく、友那を子供あつかいしているからだと、不意に気づいた。侮辱されたような気分になる。自分の行動が暴力団次代組長としてふさわしくないどころか、滑稽なことぐらい、わかっているつもりだ。しかし、そのことをわざわざ指摘されたことで、頭にカッと血が上る。

「仕方ないだろ！　だって、弔い合戦などやるわけにはいかない。そうしたらつぶされるって言われたし。……だけど、…じっとしていられなくて。本当におまえたちが殺したのかって、篠懸会のやつらに聞いてみずにはいられなくて……っ」

興奮しすぎて、声が震える。

どんな組員相手にも相談できなかったことが、本俊にだけは吐き出せるのが不思議だった。

「素直に答えてもらえると思ってるんですか？」

友那の声を身じろぎもせずに受け止めてから、本俊はかすかに眉を上げた。

「敵は暴力団です。しかも、神城組のような組織とは性格の違う、ごろつきどもの集まりです。あなたが一人で踏みこんだら、途端に喪服を引き裂かれ、殴られ、犯されでもしてたたき出されるのがオチだ。下手をしたら殺される」

――犯され？

本俊の返答の中に混じったセクハラじみた響きに、友那は過敏に反応した。容姿のことでからかわれるのは我慢ができない。過去の本俊はそんな友那の思いを知っていたのか、その類《たぐい》の冗談を一切口にすることはなかった。だからこそ、本俊は信頼できた。

――だけど、本俊までそんな……っ！

本俊の発言は、友那にとっては裏切りそのものだった。

警戒を露《あら》わにしてにらみつける友那から、本俊は一歩離れた。何をするのかと見守っていると、懐から煙草を取り出す。一本くわえて火を付けた。昔と同じ、しなやかな獣のような動きだ。

煙を吐き出してから、本俊は服の袖からのぞいた金無垢《きんむく》のロレックスに、チラリと視線を走らせた。

「今の時刻は、ちょうど篠懸会の定例会が行われている。一同揃って、おまえを迎えてくれるだろうよ。ちょうどいい。徹底的に可愛がってもらえ」

今までまとっていた仮面を脱《ぬ》ぎ捨てたように、ガラリと口調が変わった。

そのことに、友那は衝撃を受ける。

もうおまえは、自分の主君ではない。神城組と自分は、何の関係も持たない。そう宣告するような冷ややかな口調だ。友那の生死がかかっているというのに、眼差しからも他人めいたものしか読み取れない。

――定例会中、か。

友那は唇を嚙みしめて、篠懸会の事務所のほうを見た。

少し前までは何も怖くなかったはずなのに、本俊との再会によって、友那の覚悟は失われていた。ヤクザの家に生まれたからといって、自動的に根性が据わるわけではない。むしろ暴力沙汰が怖かったからこそ、いろいろ理由をつけて家業から逃げようとしていた。

ヤクザがどれだけ怖いかも知っていた。

彼らが殴るときの音は、普通の殴り合いとは違う。一切の容赦のない剝き出しの暴力だ。いくら武器を持っていかなくても、それで回避されるほど彼らが人道的なわけではない。むしろ、弱虫だと舐められ、徹底的になぶられることもあり得《う》る。

もしかしたら、やつらは人を三人殺しているかもしれない相手だ。神城組への見せしめに、友那を血祭りにあげることも考えられた。

「ほら。とっとと行け」

本俊は動かないままに、友那をせき立てた。

しかし、友那は篠懸会の事務所に向かってもう一歩も近づけなくなっていた。

さっきまで身体の内側を埋めつくしていた興奮は消えている。一度正気が戻ると、組事務所へ飛びこむことはできそうになかった。殴られて血祭りにあげられることを想像しただけで、膝が震えて、背筋に冷たい戦慄が伝わる。

だが、怯えているのを本俊に知られたくなくて、友那は全身に力をこめる。そんな状況を読み取ったのか、本俊はからかうように言ってきた。

「どうし……」

「うるさい！　俺に命令するな！」

逆ギレして怒鳴ると、本俊が友那の正面に立った。

ぐいと、指先で顎《あご》をもたげられる。過去に友那相手に取ることのなかった、横柄な態度だ。

それでも、友那は指を振り払うこともできずにいた。本俊の態度は許せないというのに、追い詰められた目で本俊を見つめることしかできない。

「どうしていいのか、……わからない……」

命令するなと叫んだ直後に、友那は本心を吐露していた。

そのことで、自分の弱さと甘さを嫌というほど思い知らされる。

両親と兄という庇護《ひご》のもとに、自分はどれだけ甘えてきたのだろうか。ずっと友那を慈しんでくれた家族の復讐《ふくしゅう》をしなければならないのに、友那は怒鳴りこむことすらできずにいるのだ。

――だって、怖くて。……怖すぎて。

身体が震えるほどに。

友那の揺れる眼差しを見つめながら、本俊がかすかに笑った。

「俺に救いなど求めるな。俺はもう、神城とは何の関係もない人間だ」

その声は、言葉とは裏腹に柔らかく響く。まるで、彼が救いの手を差し伸べようとしているように。

罠《わな》かもしれないと思いながらも、それでも本俊にすがりたくなるほど、彼の微笑みは甘かった。友那はその微笑みに惑《まど》わされそうになる。

「仕返しがしたい」

顎をつかまれたまま、友那は胸のうちをさらけ出した。他に何も方法が考えられない。とにかく、今の思いを吐き出したい。そうしないと、どうにかなりそうだ。本俊に対する全幅の信頼が、過去にはあった。

「あいつらが、本当に父や母や兄を殺したのか、知りたい。……殺したんだったら、復讐がしたい……っ」

声がかすれて震える。

友那の身体も小刻みに震えていた。

訃報を聞いてからずっと凍りついていた涙腺が、不意に緩んだ。本俊の前で泣きそうになっていることに気づき、友那はきつく唇を噛みしめる。泣きたくなんてなかった。これ以上、弱くてみっともない姿を本俊にさらしたくない。

そのとき、友那の羽二重の羽織の背に、本俊の手がそっと回された。腰まで手が下がり、引き寄せられる。たくましい本俊の身体を、全身で感じた。

その途端、友那の頬《ほお》を熱い涙が伝う。

「――そんなに、仕返しがしたいか」

抱きすくめられて、友那は夢中でうなずいた。

本俊にすがることしか、今は考えられなくなっていた。次々とあふれ出す涙が、本俊のコートに吸いこまれていく。

友那は嗚咽《おえつ》と同時に、思いを吐き出した。

「したい」

その返事に、本俊が少し身体を離す。至近距離から顔を見つめられる。本俊の視線が、友那の身体を貫くほどに鋭くなっていく。

——ヤクザの目だ。

強い執着と、欲望を感じさせる瞳だ。何かを、涎《よだれ》を垂らしながら欲しがっている獣の目。

友那の身体が警戒に強張《こわば》る。

本俊がこんな目をするなんて知らなかった。昔から、彼はこんな目を自分に向けていたのだろうか。

眼差しには欲望だけではなく、背筋を凍らせるような冷たさがあった。まるで、死に神に魅入られたような恐怖を感じて、友那の背にゾッと悪寒が走る。

射すくめられた友那に、本俊は覚悟を試すように問いかけた。

「復讐のためには、命でも投げ出すか」

——命を？

そう簡単に命など投げ出せない。

答えるのにためらいを覚えた。

——だけど。

「何でもする。命でも投げ出す」

激情に駆られて、友那は答えた。

本俊しか頼れる相手はいないからだ。この救いの手を、手放してはならない。どうしても、友那は真相が知りたい。このまま、何もせずに過ごしていくことなどできない。

「何でもする、か」

本俊は友那の返事に微笑んだ。友那を見つめる瞳に、哀れむような表情が浮かぶ。

どうして本俊にそんな顔を向けられるのか理解できずに、友那はとまどった。

本俊が友那から完全に離れ、コートの裾《すそ》を翻《ひるがえ》して歩き出す。

「だったら、ついてこい」

友那は弾かれたように、後を追った。

少し心が踊《おど》っていた。

本俊が自分を助けてくれる。これからしようとしているのは復讐だというのに、どこか甘い期待が胸をうずかせる。

——本俊と一緒にいられる。

それが嬉しかった。

本俊の歩調は急いでいるふうには見えなかったのに、ついていこうとすると、友那は自然と早足にならざるを得なかった。

角を一つ曲がったところに、ピカピカの黒塗りのベンツが止まっていた。ベンツの中でもさらに高級なSクラス。後部座席には、黒のスモークシールド。典型的な極道の車だ。

黒服の筋者の男たちがどこからか現れた。車の横で直立不動になって出迎えの態勢に入る。本俊が近づいていくと、車のドアがうやうやしく開かれた。

「——本俊。おまえ……っ」

友那は思わず、声を上げた。

再会したときから、ただ者でないことはわかっていた。金のかかった身なりや、謎めいた立ち居ふるまい。極道とは縁が切れていないことは薄々感じていたが、この迎えの仕方は普通ではない。

——金と力のある組織の、幹部や組長クラス。

破門は、一般企業でいうと解雇にあたる。破門された者はただちにシノギの権利を組に返して、縄張りから出て行かなくてはならない。それに加えて実名、写真入りの『交際無用』の破門状が出されるから、どこの組でも拾ってくれることなく、極道としては生きていけないのが普通だ。

しかし、本俊の今のようすは、破門された極道の行く末とは思えなかった。本俊は神城組どころではなく、もっと大きい組の幹部にふさわしい器だったということなのだろう。

本俊は足を止め、軽く振り返った。その威圧的な眼差しに、友那は気圧《けお》されて息を呑む。

「西井《にしい》組を知っているか？」

いきなり尋ねられて、友那はうなずいた。

西井組は、新宿《しんじゅく》区をメインに、隣接する渋谷、港《みなと》、中野《なかの》区あたりにも勢力を広げる広域指定暴力団だ。神城組や篠懸会など比較にならない規模を誇る。

「三年前に、俺がその組長を継いだ」

あっさりと言われて、友那は凍りつく。

——本俊が？

友那が本俊を見る眼差しに、畏怖の念がこもった。

急に本俊が遠い存在になったような気がした。

「どうした？」

だが、一歩引いた友那に、本俊は逆に踏みこんでくる。

それどころか腕を伸ばし、友那の腰を無造作に引き寄せた。その姿のまま、配下の男たちに命じる。

「神城組の次期組長だ。くれぐれも粗相がないようにあつかえ」

「はっ！」

ビシっとした返事が戻ってくる。

――俺は、次期組長に決まったわけじゃ……。

抗議の思いは声に出せない。

友那は喪服のまま車に連れこまれ、どこかへ運ばれていく。

〔二〕

友那の父が所用で東京《とうきょう》を離れるとき、いつでも留守宅を託されたのが本俊だった。

留守を預かるといっても、極道の家のことだ。大切な妻と息子を半端な人間に頼むわけにはいかないから、本俊は父からの全幅の信任を受けていたはずだ。

父はたいてい兄を連れて出かけ、住みこみの組員たちも父のお供でいなくなる。

大きな家はガランとしたが、寂しさは感じられなかった。滅多にキッチンに立つことのない母が本俊に手伝わせて料理を作り、三人で食卓を囲むというささやかな幸せがあった。

決して父が嫌いだったわけではないが、時代錯誤の家長制度に縛られ、食卓で私語に興じることなどできなかった友那にとっては、しゃべりながら食事をしたり、デザートに洋菓子を食べられるのが嬉しくてたまらなかった。母も綺麗に化粧して、優しく細やかに友那の面倒を見てくれる。そんなときの母の姿や所作は、華やいで艶めいていた。

——本俊はキャッチボールとかもして、遊んでくれたっけ。

本俊が神城組にいたのは、友那が十歳から十二歳にかけてだ。

友那は本俊の姿を見るとたいてい、かまって欲しくて駆け寄っていったものだ。

——だけど、兄は怖いって言ってたな。本俊は好きだし、憧れるけど、少し怖いって。

幼い友那には、その意味がわからなかった。だけど、今なら少しだけわかる気がする。本俊には、何かとんでもないことをしでかしそうな破滅的な気配が潜んでいた。

——ヤクザの匂い。

極道に身を沈めた者なら、多かれ少なかれ持っている、闇の匂い。

夜に身を埋め、白く光る刃《やいば》を腹に呑んで、滴る血を浴びている。

今の本俊からは、そんな雰囲気が色濃く漂っていた。

——俺もいずれ、あんなふうになるんだろうか。

友那は復讐のために命を捨てることを、本俊に誓った。怖《おそ》れていた極道と、自分は同類になっていくのだろうか。

——だけど、そうじゃないと復讐ができないというのなら。

車に揺られて考えているうちに、意識がだんだんと薄れていく。

「着いたぞ」

横から小突かれて、友那は初めて自分が寝ていたことに気づいた。ずっと眠れずにいたのに、とろとろとまどろんでいたらしい。しかも、本俊の肩にもたれかかっていたことに気づいて、弾かれたように身体を離す。

「……すみません」

立場が変わってしまったことで、本俊とどう接していいのかわからない。

本俊は友那の顔をのぞきこんで、不敵に微笑んだ。

「俺が西井組の組長だと知った途端、そんな殊勝《しゅしょう》な態度に出ることもねえだろ。……元のままのあなたでいいんですよ、友那様」

口調を丁寧なものに変え、本俊は友那をエスコートするように車から降ろす。

——元のままの俺で……？

自分に揺るぎない自信を持っている人間は、無駄に威張り散らすことはない。そうであるからこそ、何の力もない友那に対して本俊は慇懃《いんぎん》にふるまうことができるのだろうか。

車が止まっていたのは、周囲を圧倒する威厳を放つ数寄屋《すきや》造りの門の前だった。立ち番をしている組員たちが深々と礼をする前を通り抜けて、友那は本俊とともにその大きな門から入っていく。見事な松や桜の庭木を擁する広大な日本庭園が広がっていた。

庭を左に敷石を踏んでいくと、入母屋《いりもや》造りの豪壮な住宅に至る。そこが本宅らしい。友那は玄関で別の組員に引き渡され、広い和室に通された。

檜《ひのき》の一枚板の大きな座卓に、分厚い座布団の敷かれた座椅子《いす》と肘掛《ひじか》けが組み合わされている。床の間の掛け軸も飾り物も、名のある美術品のようだ。調度品のどれを見ても贅《ぜい》をつくした造りで、ふんだんに金がかけられている。欄間《らんま》には龍や獅子の見事な彫刻が見事にほどこされていた。

ヤクザとしての体面を保つのが精一杯だった神城の家とは、かなり財政事情が異なるようだ。どこを見ても贅沢で、新しい。

——ここが、本俊の家?

西井組の本陣を兼ねているのだろうか。

ふかふかの座布団に座って待つ友那の元に、組員によってお茶が届けられた。客人あつかいらしく、茶を運ぶ組員に深々と頭を下げられた。落ち着かないことこの上ない。

香りのいいお茶を飲み終えたころ、しばらく席を外していた本俊が戻ってきた。渋い色合いの大島紬《おおしまつむぎ》を着流しにして、角帯を締めている。先ほどのアルマーニとはガラリと変わった服装だったが、本俊の持つシャープな雰囲気によく似合っている。昔からよく着物姿でいたのを思い出して、表情がほころびそうになった。

だが、本俊は厳しい表情のまま、友那の向かいに当たる座椅子に腰を下ろした。無言で見つめられて、友那は緊張に息を詰める。

この家に上がりこんだときから、覚悟を決めたつもりだった。命を捨てると誓ったのだ。友那は正座したまま、背筋をピンと伸ばす。膝の上でぎゅっと拳をにぎりしめた。ひどく疲れていたが、慣れない家に通され、神経が張りつめている。

そんな友那の姿を観察して、本俊がなぶるように瞳を細めた。

「匂い立つように美しくなったな。昔は天使のように清らかな雰囲気だったが、今は堕《だ》天使のように淫《みだ》らだ」

本俊のぶしつけな言葉に、友那はさらに身体を強張らせる。

——まただ。

性的ないたぶり。

自分のどこが淫らだというのか、具体的に教えてもらいたい。もうじき二十《はたち》だが、誰とも関係を持ったことなどない。

「そんなことを言うために、俺をここに呼んだんですか」

にらみつけると、本俊はニヤリと笑った。

「そう怒るな。……俺をそんなふうに無遠慮ににらみつけてくるのは、今はおまえぐらいなもんだ。他の舎弟にはビクついてたくせに、おまえは昔から俺に懐いてた。どうしてだ？」

「どうして？」

そんなことを言われても困る。

理由があったわけじゃない。ただ、本俊に憧れて、つきまとわずにはいられなかった。よくよく思い返してみれば、本俊の中にある透明なものが不思議で、それを見定めようとしていたのかもしれない。

——透明なもの。……今でもある。無機質な、ガラスみたいに硬質な拒絶。

子供だった友那には、拒まれているのだとわかっていなかった。本俊は組長命令で友那たちの面倒を見ていただけなのに、かまわれるまでしつこくつきまとい、遊んでもらえると嬉しくて笑っていた。

「……鈍感だったんじゃないかな。昔、兄に言われたことがある。俺は人見知りなのに、好きな人間には無防備なんだって」

「鈍感、か。確かにおまえは鈍感だ。しかし、弱そうに見えるやつほど、芯は強いことがある。オヤジがおまえに期待をかけていた意味が、少しはわかるような気がする」

「え」

オヤジというのは、友那の父のことだろう。神城組を離れて七年が経つというのに、本俊は昔と同じように父を呼ぶ。

意外な言葉に、友那は目を見開いた。

「期待なんて、そんなはず……っ」

父に期待されていたなんて、感じたことは一度もなかった。

「だけど、徹底的に今のおまえに足りないものがある。何だかわかるか？」

たたみかけられて、友那は瞳を揺らした。

足りないもののほうが、たくさんあるはずだ。根性も意気地もないし、覇気のようなものもない。極道にはふさわしくない性格なのは、明らかだ。

「……わからない」

「憎しみだ。篠懸会に乗りこもうとしたときでさえ、おまえには迷いがあった。相手を傷つけることに怯え、自分を傷つけられることに怯えてた。そして、俺に甘えてきた」

すっかり見透かされていることに、友那は動揺する。

——だって、それが普通だろ。

膝の上に乗せた手に、ぎゅっと力がこもる。

迷いなく人を傷つけられるようになったら、ヤクザになるしかなくなる。人間として、どこかが欠けた人間になる。

だけど、友那がしようとしているのは復讐だ。そのためには命を捨てると言った。言わされた。

「……どうしたら……」

友那は本俊に問い返す。そのとき本俊に「甘えてる」と指摘されたのを思い出した。

友那は唇を噛み、声が震えないようにしながら続けた。

「強くなれますか」

「憎しみを教えてやろう」

本俊は微笑む。

その微笑みはひどく優しいようにも、怖いようにも見えた。

「おまえを壊してやる。……俺を憎め。そして、おまえの全身全霊で、俺のことを思え」

——え？

本俊の言葉の意味が、理解できなかった。

とまどいに凍りついている友那に、本俊が席を立って近づいてくる。腕を伸ばされて、友那は反射的にその腕から逃れようとした。しかし、あっけなく肩をつかまれ、いきなり背後に倒される。

「何を……っ」

いきなりのことに、友那はうろたえた。畳《たたみ》に押さえこまれて起きあがろうと身体をねじると、背を膝で圧迫され、二の腕をつかまれて背中にねじ上げられる。

「……っく」

動けないでいるうちに、友那の両手首は本俊が持っていた腰帯で縛られてしまった。

「何を……っ、いったい何を……っ」

まだこれは本俊のテストなのかもしれない、という思いがどこかにあった。友那の復讐を後押しするために、本俊が友那を仕込もうとしているところなんだと。

しかし、そんな甘い期待は本俊の言葉によって打ち砕かれる。

「おまえを犯す」

一瞬、息が止まった。頭の中が真っ白になる。

——な……んで……っ？

目もくらむような屈辱と生理的な嫌悪感がこみあげてきて、友那は猛然と本俊の身体をはねのけようと暴《あば》れた。しかし、腕の自由を奪われていなくても、ケンカ慣れした本俊が相手だ。身体を起こすことすらかなわないまま、頬が畳に押しつけられる。

まだ青い畳の匂いがした。

「この腕をほどけ！」

あまりの屈辱に、全身が熱くなる。本俊は最初からこのつもりで、友那をここにあげたのだろうか。犯すだけのつもりで。

——そんなはずはない。

友那は一縷《いちる》の望みにすがりつこうとする。昔の本俊は、信頼できる男だった。

だが、全身に力をこめても、膝を立てることもできない。友那は背中を押さえつける本俊の身体をはねのけようとあがく。顔が真っ赤に染まり、息が切れた。それでも、本俊の力は少しも緩まない。友那を殴って抵抗力を奪うことさえする必要がないのかもしれない。懸命の抵抗すら、もてあそばれているのだ。

「どうした？　おまえは命を投げ出すつもりで、俺についてきたんだろう」

「だけど……っ！　だったらどうして……」

復讐とセックスとは別物だ。どうしてそれが結びつくのか、友那には理解できない。

そのとき、友那の耳朶《じだ》を、生暖かい痛みが襲《おそ》った。ぞっと鳥肌が立つ。本俊に歯を立てかじられていた。

「俺も復讐に巻きこむつもりなら、それなりの礼はしてもらわないとな」

――『俺を憎め。おまえの全身全霊で、俺のことを思え』

本俊のセリフと、先ほどの言葉が混じる。

どういうことなのか、それでも理解できなかった。

混乱した友那の喪服の襟元から本俊の手が入りこんだ。肌襦袢《じゅばん》の上から胸元に触れられて、友那は身体を強張らせる。

「やめ、ろ……っ!」

他人に身体を触られるのは、気持ち悪かった。

叫んで、またはめちゃくちゃに暴れようとする。

必死で声を出しているのに、駆けつけてくる足音はまったく聞こえない。ここは本俊の家だ。敷地内に、本俊に逆らおうとする者は誰一人いないのかもしれない。それでも、どうしても本俊に屈するのは耐えられなくて、友那は必死になって叫んでいた。

「ふざけるな! 離せ!」

自分でも驚くほどの大声だった。声が響き渡ったのちは、水を打ったような静寂が強く感じられた。

一瞬、あっけにとられたように動きを止めていた本俊が、くっくと笑った。

「いいぞ。いくらでも叫べ」

「……っぁ」

「いくら叫んでみても、誰もおまえを助けない。おまえの放つ声を、みんなに聞かせてやれ」

喪服と肌襦袢との間で、本俊の大きなてのひらがうごめいた。

柔らかな正絹《しょうけん》の布地越しに、胸元を探られる。乳首のあたりに感覚が集中していて、そのあたりをまさぐられただけで、びくんと身体が揺れた。それで本俊にも、乳首の場所がわかったらしい。

執拗《しつよう》にそこをもてあそばれる。ふくらみもない平らな部分でも本俊がいじり続けたのは、触れられるたびに友那が身じろぎせずにはいられなかったからかもしれない。

――嫌、だ……っ！

友那は拒むように首を振った。

甘いような痺《しび》れが全身に広がっていくことが、友那の混乱と屈辱を一層掻《か》きたてた。こんなふうに他人に触れられたことなど、一度もない。乳首をいじられるだけで、こんなふうに普通に息ができなくなることなんて知らなかった。

「尖《とが》ってきた。布越しでもわかる」

本俊の甘い声が、耳に吹きこまれた。

指の間で転がされているうちに、小さな突起は充血して勃《た》ちあがっていた。必死で上体をねじって本俊の指をそこから引き剝《は》がそうとしているのに、布や指にこすられるだけで、乳首は電流でも伝うような甘ったるいうずきをもたらしてくる。

「神城の次代は、ここをいじられるのが好きなのか」

「ちが、う……っ！」

声を上げた途端、本俊の指先が襦袢越しに乳首をつまみあげ、キュッとねじりあげた。

「……っ！」

ジーンと痺れるような痛みが身体を貫く。甘さと同時に、痛み混じりの感触が存在していた。

本俊は死ぬほどの屈辱に震えている友那の肩を抱いて、面白がるようにささやいた。

「強情だ。……そこがまた、そそる」

「……つぁ、……は…っ」

友那は仰向《あおむ》けにひっくり返され、着物の襟をつかまれた。

ぐっとはだけさせられ、色の白い友那の肌が一気にみぞおち近くまで露わになった。

続けて、袴の紐《ひも》も緩められた。このチャンスに逃れようとする友那のあがきを利用されて袴を腰から抜かれた。

その下に着ていた膝丈の着物の裾まではだけさせられ、本俊の手が忍びこんでくる。

「……っ、や、やだ……っ」

腿《もも》の内側を直接撫でられることに、友那は嫌悪感を覚えた。身体をねじり、本俊の手を蹴り上げるようにして逃れようとする。

それでも全身をぐっと畳に組み敷かれているから、息が切れるばかりだ。有効な攻撃は、何一つできていないような気がする。

「いい加減、観念しろ。消耗するだけだ」

本俊の曲げた指の背が、からかうように乳首を弾いた。

その感覚に、友那はのどの奥でうめきを押し殺す。

――嫌だ。……ッこれ以上触るな……！

心の底から嫌悪しているというのに、乳首からの快感は遮断されてはくれない。

それどころか、感じまいと意識すればするほど全身の感覚が鋭く研ぎ澄まされた。次に何をされるのか、どんな目に遭《あ》うのか想像がつかず、その恐怖が身体を敏感にさせてしまう。

「……っや……っ！」

乳首を痛いぐらいに尖らされ、指の背で弾かれ、指の腹を押しつけられて転がされる。そのたびに、友那はびくびくと震えるばかりだ。本俊は焦ろうとはせず、友那の反応を一つ一つ確かめ、より適切なように指の動きを調整しているようだ。

だんだん腰がとろけそうな快感がこみあげてきて、友那はとまどいに唇を噛みしめた。指が乳首でうごめくたびに身体の奥から淫蕩《いんとう》な痺れがこみあげ、感覚が直結したように性器にまでびんびんと伝わっていく。

必死になってその熱を冷やそうとしているのに、息をするたびに快感の波に押し流されそうになっていた。

——なんで……っ！

そんな自分の反応が信じられず、友那は絶望にきつく唇を噛む。ずっと噛みしめ続けた唇はヒリヒリと痛み、にじみ続ける血の味に吐き気がこみあげてくる。

左右の乳首ばかりを執拗になぶられ、身体から抵抗する力が抜けたころ、足首をつかまれた。乱れていた裾がさらに割られ、すんなりとした腿が付け根のあたりまで暴かれる。

「下着を穿《は》いてるのか」

低く笑われて、それも脱がされてしまう。性器まで露出させられることに友那は懸命にあらがおうとしたが、乳首にきつく歯を立てられ、痛みに反《そ》り返った腰をあっさりと浮かされて抜き取られてはかなわなかった。

膝の裏をつかまれて吊られ、さっきよりも大きく足を広げられる。膝に力を入れたが、本俊の力には逆らえない。本俊はこんなことをすることに、ひどく慣れているようだった。

膝を曲げる向きも、抵抗をやり過ごすすべも心得ていて、不慣れな友那は恥辱と悔しさと快感に翻弄《ほんろう》されるばかりだ。

完全に和服の裾が開いて、他人に見せたことのない部分が、余すことなく露わにされた。足の間に、外気の冷たさを感じた。じんじんと熱いペニスや、その奥の部分まで本俊の視線にさらされ、炙《あぶ》られたように熱くなる。

——いや、だ……っ！

友那は絶望の吐息を吐いて、ぎゅっと目を閉じる。

——こんな……の！

目もくらむような屈辱の思いに、友那の身体は熱く火照った。

性体験のない友那にとって、こんな格好をさせられるなど耐えられない。いたたまれないほど身の置きようがないというのに、こんなことをされて性器を勃てているなんて、そんな自分が信じられなかった。

「めろ……っ」

しかし、屈辱感が高まるほどに興奮も深まっていく。視線に耐えきれずに、性器がピクンと脈打った。暴かれた内腿が鋭敏になって、吐息にすら感じるほどだ。

「イキそうじゃないか。見られるのも好きか」

からかうようにささやかれ、友那は涙がにじむのを感じながら首を振った。足首を持っていた手が一つにまとめられて足を閉じられたが、空いた手が臀部《でんぶ》に伸ばされてくる。狭間《はざま》をすっとなぞられた。

「つぁ！」

指一本の刺激に、友那はビクンとのけぞりそうになる。あまりの刺激の生々しさと、何をされるかわからない恐怖から必死で逃れようとしたが、こんな格好では何もかもままならない。また本俊の指が敏感な部分に伸び、無造作に体内に指が突きこまれた。

「……っ！」

友那の身体に、一気に緊張が走る。いきなりの異物は、痛みしかもたらさなかった。人差し指で体内をまさぐられる感覚から逃れようと、友那は左右に首を振って暴れる。それでも指は抜けず、より深くまで突きこまれる。

「やっ！　や、や……っ、痛いっ！」

襞《ひだ》が引きつり、暴れようとするたびにピリリと痛みが走る。切れ切れの悲鳴が漏れた。それでも本俊は容赦なく、友那の中を指で掻き回していく。

「ここをいじられるのは、初めてか。どこを触られるのも初めてといった顔をしてるな。……だけど、精一杯緩めないとケガをする」

本俊のなぶるような声に、友那は目を見開いた。

——まさか。

男同士のセックスがどんなことをするのかという、おぼろげな知識はある。しかし、指一本ですら辛いこの場所に、本俊は性器を入れるつもりなのだろうか。

「……つむり。……無理に決まってるから。……そんなの……っ」

友那の声に怯えが混じった。

「どうかな。まずはたっぷり濡らしてやろう」

指が抜かれてホッとする間もなく、友那の後孔にねっとりと油が滴らされた。その冷たさに、友那はぞっと総毛立つ。ぬめりを塗りこむように、指が使われてくる。

——嫌だ……っ！

何度も押しこまれては油を塗りこむ指の動きに、括約筋が拒むように締めつけた。しかし、本俊の指はそれに阻止されることなく、友那の後孔をえぐり続ける。

「……やぁ……っ！」

体内をいじられるなんて、気持ち悪いだけでしかない。そのはずなのに、油が体温に馴染み、人差し指が中でスムーズにうごめくようになると、それだけではない未知の感覚がぞくぞくとこみあげてくるような気がした。

——何だ、これ……っ。

ぞわぞわと血が騒ぐ。指が襞と擦《こす》れるたびに、甘ったるいような感覚が生み出される。

ねちねちと中から漏れる音の淫らさに、耳をふさいで消え入りたいような気分でいっぱいだ。

逃れたくて、後ろで縛られた手首に何度も力が入る。

だが、次第に全身の神経が本俊の指で擦りたてられているところに集中していく。違和感しかもたらさなかったものが、えぐられるたびにあやしい快感を掻きたててくる。

「やっ……、ん、ん……っは……っ」

拒むだけでしかなかった友那の声に、少しずつ甘さが混じった。

襞が燃えるように熱くなり、本俊の指にからみつく。ひくひくと指を食《は》むたびに、身体の芯のあたりが溶け出して、下肢が切なくうずくような感覚が強くなっていく。

それどころか、経験の浅い身体は、すぐにイキたくなって焦《じ》れてきた。気持ち良さのほうが勝り、トイレを我慢させられているような焦燥感が下肢を満たすようになる。この感覚は、何だか知っていた。もどかしさにどうにかなりそうだ。

――もっと……っ。

友那の唇が、かすかに動いた。

屈辱に唇を食いしばることすら、もはやできない。

ペニスが熱くじんじんと張りつめ、先端から吐き出された蜜《みつ》で尿道口の粘膜が灼《や》ける。放出への切迫感に、全身が支配されていく。

それでも、本俊はリズミカルに指を抜き差しするばかりだ。

「……っぁ……」

抜き出されていく指の刺激をもっと欲しがって、からみつくように襞がうごめいた。

そのとき、指が二本に増やされて戻ってくる。倍に増した存在感に、襞がぎっちりと埋めつくされて、友那は腰を揺らす。

「……つぅ……」

痛い、と口走ろうとした。しかし、とっくに襞は痛みだけではないものを感じ取っていた。一本の指では少し物足りなかった刺激が、二本に増やされたことで強すぎるほどになり、ぬるぬるにされた指で襞の内側を擦りあげられただけで、がくがくと全身が震えるような甘い感覚に満たされる。抜かれるときにはあまりの存在感によけいな力がこもって、唇がわななきそうなほど刺激が強くなった。

掻き回されるたびに痛みは和らぎ、どんどん中が拡張されていくことに恐怖がこみあげてくる。

「やだ……」

うわごとのように、友那は唇を震わせた。たまらない甘さに満たされながらも、不安が心の端にこびりついている。

――このままでは本俊に犯される。

それでも身体に送りこまれた快感を、追い求めてしまう。あと少しでたどり着けられるところに、絶頂感があった。

なのに、中をいじられるだけでは、決定的な刺激が足りない。もどかしくて、ねだるように腰が動く。

そのとき、本俊の指先がある一点を探り当てた。

「つぁ！　ん、やぁっ、あ」

全身を強い電流が貫き、自分でも驚くほどの甘ったるい声が漏れた。ぴくっと性器が脈動する。

「ここか」

本俊は友那の反応を探りながら、もう一度指の腹でそこを探った。

「……つぁ…」

あまりに強烈な快感に、友那の身体が跳ねあがる。指が動かずにいると、唇が解けて、やるせないような吐息が漏れた。

そんな友那をなぶるように、本俊は感じる部分の上で指を遊ばせる。

「…つぁ、……つや、あぁ、あ……っ」

強い刺激を送りこまれるたびに全身が突っ張って、イキそうになる。

なのに、不慣れな友那は、うまく身体をその波に乗せることができない。刺激が強すぎるのかもしれない。

たて続けになぞられ、苦しすぎるほどの快感に、友那はそこから指先をそらそうと腰をひねった。しかしポイントを外すことはかなわず、ゆるゆると指の腹で擦られるだけで友那はがくがくと震えてしまう。

「っ……や、……っぁ……」

早くイカせて欲しくて、もどかしさにあえいだ。先端から透明な蜜が吹きこぼれ、ねっとりと幹を伝う。たまらない快感に頭が痺れたみたいになって、渾身の力でぎゅうぎゅうと本俊の指を締めつけては腰を揺らすことしかできない。

こんなにも身体を快感に支配されるなんて、初めてだった。

「どうした？」

なぶるように、本俊が言った。

「イカせて欲しいか」

問いかけられて、友那はすがるように本俊を見た。

何とか自分を取り戻したくて、血がにじむ唇を噛みしめる。

こんなふうになぶられるのは嫌だ。男として恥ずかしい部分を指で貫かれ、射精する姿を見られるなんて、プライドが許さない。

「……っいや、……だ」

かすれた声を、友那は押し出した。

その返答に、本俊は残酷そうな笑みを浮かべた。

「拒むことはできない。いいイき顔を、俺に見せろ」

言うなり、指がぐっと中の感じるところをえぐりあげた。強烈な快感を流しこまれ、友那の

身体がのけぞって痙攣《けいれん》する。押しつけられた指の動きに、友那の襞がからみつき、その動きを阻止しようと力がこもる。

それでもあらがえずに絶妙の強さでそこをえぐられ続け、太腿が痙攣した。イクには強すぎるほどの快感だったのだが、それでも与え続けられて、堰《せき》が破れる。

友那はとうとう耐えきれずに、みずからを解き放った。

「あっ、ぁああ……っ！」

鋭い快感とともにペニスがドクンと脈打つのがわかる。

痙攣が何度も走る間、本俊の指が入れっぱなしだった。突き立てられた本俊の指の存在感を、嫌というほど思い知らされながら、友那は何度ものけぞっては射精する。

ようやくその反動が収まって友那の身体から力が抜けると、本俊は指を抜いた。その手で、本俊は白い体液で汚れた友那の下腹をなぞる。

指先で白濁をすくい上げ、本俊は放心する友那の唇をなぞった。

「まだ惚《ほう》けるのは早い。――これから、俺の女にしてやる」

――女に……？

友那の目に焦点が戻る。

足が大きくM字に開かれていた。身体の奥深く、硬い剛直が入ってきたのはそのときだ。

「――っ……！」

内側から無理やり押し広げられる痛みに、弛緩《しかん》していた身体が大きく震える。たっぷりと濡らされていたせいか、じわじわと肉棒が入りこんでくるのがわかった。

「っ！　……っや、ぁ、あ…は、やめ…ろ……っ」

必死で友那は、その侵入を拒もうとした。

指だけでもあんなにも刺激が強かったというのに、この上同性の硬いペニスなど入れられたら、自分はどうにかなってしまう。心まで犯される。

しかし、力の入れ方がもう、わからなくなっていた。力を入れられないほど、深くまですでに押しこまれている。身体の内側にひどく熱い性器があるのを感じていた。引き裂かれるほどに、襞を内側から押し広げられる。

自分の中心にある狭い孔《あな》を限界まで引き伸ばされるその不快感と、張り裂けそうな痛みに息が詰まった。こんなふうに自分の身体を男に犯されることなど考えたこともなく、その恥辱を与えているのが本俊だと考えただけで、そのやりきれなさに涙がにじむ。

奥まで深々と貫いた後で、ようやく本俊の動きが止まった。

浅く呼吸を繰り返すたびに、先端が深い位置まで達しているのがわかる。内臓を押し上げられるような感覚に、友那はのけぞって浅い息しかできない。

――何で、……っどうして……！

最初はとまどいばかりがあった。だが、押しこまれたところからズキズキとこみあげてくる鈍い痛みに、悔しさと恐怖が勝ってくる。

本俊が自分をこんなふうに害そうとするなんて、考えたこともなかった。

——どうして……！

やりきれなさに鼻の奥がツンとして、泣いてしまいそうだった。それを必死でこらえる。ここで弱みなど見せたら、ますますつけあがられるだけだ。

まだじっとしていてくれると思ったが、それは甘かった。一息ついた後で身体の奥深くまで貫いた楔《くさび》が、傍若無人《ぼうじゃくぶじん》に動き出す。

「つ……！　っア……、ぅ」

動かれるたびに肺から息が押し出され、悲鳴のような声を漏らさずにはいられなかった。引き裂かれそうな痛みとともに、張りつめた腿の内側に痙攣が走る。どうしたらこの痛みをやり過ごせるのかわからずに、動きのたびに涙がこみあげてくる。

本俊が動きを止めないまま、瞳を細めて言い捨てた。

「そう力を入れていても、痛いだけだ。……愉《たの》しめ」

——どうやったら、愉しむ……なんて……っ。

勝手なことを言われて、怒りがこみあげてくる。

しかし、ひたすら暴虐《ぼうぎゃく》に耐えているうちに、痛いだけのはずだったものが少しずつ襞に馴染んできた。動くたびに襞全体が刺激され、押し広げられ、擦りあげられる。痛みの中に、次第にぞくぞくするような甘い感覚が混じってくるようになった。

——何、これ……っ。

とまどって、友那は瞳を揺らした。

だけど、ほんの少しだけだ。気持ちいいような感覚があるのは。こんなことをして、一方的に快感を覚えているのは本俊だけだ。そんなふうに、自分に言い聞かせる。

「つ……つあ、……っ」

濡れた音がいちいち耳についた。本俊の動きが大きくなるにつれて、下肢からの音も大きくなった。動きとともに増していく痛みを耐えようと、友那は歯を食いしばって身もだえる。

だが、増したのは痛みだけではなく、快感もだった。抜けそうなほど引き抜かれ、一気に貫かれるたびに、巻きこまれた襞からじんわりと痺れるような感覚がこみあげてくる。

もはやそれは、しっかりと感じられるほどのものになっていた。

「どうだ?」

その変化は本俊にも気づかれたらしく、大きく腰を揺すりながら尋ねられた。

「だいぶ、悦《よ》くなってきてるようだが」

動きを止めてくれないから、友那はまともに言葉をつづることもできない。

「つん! ……っちが……っ、悦く……なんてな……ぁっ……」

その声に、甘いものがにじんだ。

痛みは痛みとしてあるというのに、別の感覚が友那を支配し始めている。

きつくて苦しいのに、それでも硬い肉の塊に擦られるたびに、よくわからない刺激がざわりと背筋をかすめていく。息ができなくなるような、淫らな悦楽。友那は初めて味わうその感覚にとまどい、ただひたすら食いこまされてくるものの動きを追うだけで精一杯だ。

背中で縛られたままの腕は、痺れきってまともに感覚はなかった。

両足を高く抱え上げられ、本俊に思うがままに身体を使われている。腰が完全に浮き、畳に残った肩や背中がねじれて軋《きし》んだ。

——こんなの……っ！

こんなふうに身勝手に犯されて気持ちが良くなるなんて、許せない。ひたすら痛いだけでいい。

体内にペニスを呑みこまされて悦いだなんて、二重に犯されたような気分になる。

取らされた格好の苦しさにもがくと、さらに膝が肩につきそうなほどに身体を折り曲げられた。呼吸するのが苦しいほど圧迫され、本俊の体重がかかってくる。当たる位置が変わったそのとき、意識が飛びそうな悦楽が襲いかかってきて、友那の腿が揺れた。

「ひっ……！　っぁっ！」

もがいても、足を固定する本俊の腕はビクともしない。友那の体内を、本俊の性器が自在に擦りあげていく。

指でなぞられたときと同じように、その位置を二度三度と貫かれた。指どころではない、圧倒的な快感を強制的に送りこまれる。電撃を受けたように、友那の身体が大きく跳ねあがった。

「……っぁ、ぁ、あ、あ……っ」

「ここか」

それで確信を得たのか、友那の感じる部分を執拗に責め立てる本俊の腰の動きが大きく激しくなった。一番深い部分から、抜けそうな位置まで一気に引き抜かれる。返す動作で、入り口から奥までを埋めつくされる。カリが襞に引っかかって、ぞくぞくと悦楽が広がっていく。

「つぁ、……つぁあ、あ、……つぁあ、あ……っ」

友那は完全に翻弄されていた。

自分では経験したことのない激しい愉悦を、友那は耐えるすべも知らない。身体を貫く灼熱の快感の動きを受け止めるだけで精一杯だ。

しかし、そんな中でも強い視線を感じて、涙に濡れた目を本俊に向けた。

――見られてる。

男に抱かれ、身体の奥まで性器を突き立てられて、絶頂に導かれる姿を余すところなく凝視されている。昔から淫らな目で見られることが多かった友那だったが、本俊だけは別だと思っていた。

その信頼しきっていた本俊に、こんなことをされている。

――女に……するって言った。

その言葉を思い出したとき、友那の身体はたまらない恥辱に昇り詰めそうになった。しかし、その快楽に全身をゆだねるよりも先に、本俊の指先が友那のペニスの根元をにぎりしめていた。

「や、あ、あ、……はな……っ」

吐き出せない苦しさに、友那はあえいだ。顔を振ると、食いしばる力すら失った唇の端から唾液がどろりとあふれた。それでも、本俊の指は緩むことはない。

「まだ、だ」

ささやかれ、張りつめた裏筋を指でなぞられて、友那は目を見開いたまま、がくがくと顎をのけぞらせた。

「おまえがイっていいのは、奥に注がれてからだ。俺のものを搾り取れ。そんなふうに、ちゃんとしつけてやる」

――奥、に…そそぐ……？

何を、だろうか、だが、それが本俊の精液かもしれないと思い当たった友那は、大きく震えた。

そんな屈辱的なことがあっていいはずがない。

だけど、ここは本俊の城だ。いくら拒んでも助けは来ない。友那の身体は、本俊の思うがままにされるしかない。

快楽も苦痛も欲望も全て、他人の手ににぎられていた。そんなのは我慢できない。自分の身体は自分だけのものだ。

しかし、性に未熟な身体は抵抗するすべを持たない。本俊の巧みな愛撫《あいぶ》にたやすく翻弄され、溺《おぼ》れさせられていく。

「や、……っぁ、あ……っぁ、あ……っ」

本俊の腰の動きが早くなった。激しい突き上げに襞が強い摩擦を受け、そのたびに友那の身体が痙攣する。軽く何度も昇り詰めているような感じすらあった。どうにかなりそうなほどの悦楽に、友那は意識を手放してしまいそうになる。

「もう、……イケ……よ……っ」

叫ぶように言った。

本俊がその友那の言葉に微笑む。

その笑みの艶やかさに、一瞬見惚《みと》れた。

「つあ！」

内側から突き破られそうなほどに、激しく立て続けに突き上げられる。一段と本俊のものが体内で大きく膨張し、脈打った。

あまりの硬さと快感に、のどが鳴った。味わわされる悦楽に耐えきれず、友那はすすり泣くような声を漏らしていた。

ひときわ強く腰を叩《たた》きつけられ、一番深い部分で爆発が起こった。


「ぁ……っ」

本俊がイったとき、友那を縛《いまし》める指を外してくれたらしい。中に注がれる感覚と同時に、友那も絶頂に達した。精液がみずからの下腹と内腿を濡らしていく。

友那はただ荒い呼吸を繰り返すことしかできない。

ひく、ひくっと余韻《よいん》に腿が震えていた。

ずるりと抜けていく感覚に刺激されて、引き留めるように襞が引き絞られた。息を呑むと、本俊がその部分を眺めたまま、あざけるようにつぶやいた。

「まるで女だ」

友那の心は、恥辱に押しつぶされる。

自分の身体が、自分のものでないようだった。

めちゃくちゃに乱された喪服が、まだ身体にからみついている。手首は後ろで縛られたままだ。こんなふうにされるぐらいなら、いっそ脱がしてくれたほうがいい。それでも、起きあがって服を整える気力すらないほど、身も心も打ちのめされていた。

それでも、がくがくと震える腿に力をこめ、友那は本俊の腕から少しでも離れようとする。何とか腰を浮かして上体を起こすことができたときだった。足の付け根をつかまれて動きを封じられ、まだ硬く反り返ったものを下からあてがわれ、いきなりまた挿入された。

「つぁああ……っ！」

一気に入りこんでくるものの勢いに、悲鳴すらのどの奥に詰まる。

友那はバランスを崩して、本俊の腰に座りこんだ。手が使えないから、衝撃を殺せなかった。閉じかけていた襞を、激しく奥まで割り開かれる。

本俊の腰に馬乗りになる格好にされていた。まともに身体を支えられない友那を、背後から抱きしめるように本俊が身体を起こして体位を変える。こんなふうな格好で、自分が貫かれるなんて、思わなかった。

「……動いてみろ」

さらに本俊は、淫らな命令を下す。

躊躇《ちゅうちょ》した途端、背後から腕を伸ばして乳首をつねられた。

「……やっ」

灼けつくような痛みに、友那の身体が震えた。すぐに乳首から痛みは消えたが、指は離れない。尖った乳首をつまみあげられ、爪《つめ》の先で断続的に弾かれていた。

一瞬でも味わわされた苦痛に身体がすくんでいた。またいつ乳首をあんなふうに痛くされるかと怯えながら、友那はその大きなものを抜き取ろうと少しずつ腰を浮かしていく。入れられているとことすら信じられないほどの本俊の凶器が、自分の体内からずるずると抜き出される。だけど、あともう少しだと思ったとき、下から突き上げられた。

「…っあ！」

その摩擦と悦楽に、友那の身体から力が抜ける。また深々と、呑みこまされていた。

——前より、すごくすべる。

それはきっと、中に注ぎこまれた白濁のせいだ。

剛直が中でぬめる感覚に嫌悪感を覚え、友那はまた腰を浮かせようとした。腰が浮いて抜き出せそうになっても、本俊が下から突き上げてくるから、いくら頑張っても体内の存在感は消えない。

——や……っ、抜きたい、……のに……っ。

逃れようもないまま立て続けに下からの突き上げを受けて、友那は震えた。

たっぷりと中で動かされることで縁《ふち》から白濁が掻き出され、腿の内側を濡れた感触が伝っていく。

襞からの快感に囚《とら》われ、自分で腰を動かしているのか、本俊に動かされているのかわからなくなっていた。大きく抜き取ろうにも、腰を本俊にしっかりとつかまれてしまったら無理で、ひたすら肉欲に押し流されていく。

――これが、俺……っ。

深くえぐられるたびに、甘い声が吹きこぼれるようになっていた。

早く正気を取り戻したくて、友那は首を振る。しかし、その考えさえも身体の熱が片端に追いやりそうだ。本俊の熱に犯され、陵辱《りょうじょく》されて心まで壊されていく。今までの自分とは違う存在に身と心が変化していく。

自分の中にあった自尊心がずたずたに引き裂かれるのを感じながら、友那は必死で言葉にした。

「おまえを……許さない。……っこんなこと、して…っ」

――信じてたのに。

本俊が好きだった。信頼していた。だから、ついてきた。

だけど、本俊は友那が考えていたような男ではなかった。

本俊が変わったのか、友那がその本性を見抜けなかったのかはわからない。だけど、本俊にこんなふうに犯されることで、過去の信頼さえもめちゃくちゃに踏みにじられるような悔しさがあった。

意に沿わないまま身体だけを陵辱されて、本俊にひどく憎まれていたような気分になる。快感が強ければ強いほど、自分の身体にも裏切られたような気分にもなった。

思考力が薄れそうだ。粘膜が擦れる感覚が、友那の意識を全て壊して、身体だけの生き物にしていく。

「その意気だ」

低く、本俊は笑った。

一切の遠慮も惑いもなく、友那の身体の中の悦楽を引き出そうとしてくる。

激しく突き上げられ、幾度も震えがこみあげた。

ただその淫蕩な快楽に浸りたくて、どうしようもなくなる。

またイきそうになって、友那は内腿に力をこめた。奥のほうから、痙攣が走って腿を震わす。

その快感に囚われたくなくて、友那は懸命に復讐心を奮い起こそうとする。

「……許さな……い……」

「わかってるか」

動きを止めて、本俊が友那の乳首をつねった。そのチリッとした痛みすら、友那の身体は快感に変える。さらにつねったまま引っ張られて、痛みよりも快楽に啼《な》く。

「イク前には、俺のものを搾り取れって言っただろ。おまえの身体は、そういうようにしつけると」

「……っ！」

さらなる屈辱に、友那は身体を強張らせた。

奥まで貫く、鉄のように硬いペニスの動きに、あとどれくらい耐えたらいいのだろうか。限界に達している快感に、太腿が震えた。逃げ場はなかった。友那の快楽は全て、本俊ににぎられている。深い部分まで、全てが本俊に貫かれていた。

「……っひ、あ、あ、あ……っ」

耐えようと強く締めつけた襞の強張りを解くように、本俊が軽く腰を揺すった。その衝動にすら昇り詰めそうになる。本俊を深くくわえこんだままの襞が収縮する。

——あっ、…イク……っ！　おかしく……なる……っ。

腰骨をつかまれ、本俊の上で動かされる。さらに強い筋力で下から激しく突き上げられ、友那の身体は背後にいる本俊に押されて、畳に胸をつくような格好にされてしまう。そうすると本俊はずっと動きやすくなったようで、激しく動かれて固く食いしばった唇が解け、唾液が滴る。視界は揺れ、瞳は焦点を結ぶことすら困難だ。勝手にイったらいいのに、どうして自分は本俊の身勝手な命令に従おうとしているのだろうか。

「そんなに悦いか」

尋ねられて、友那は首を振った。

気持ちよくなんてない。これは自分が望んだことではない。なのに、襞がひどく熱い。奥のほうをその硬いものでぐりっとされるのがたまらなくて、友那はいつしか自分からもどかしげに腰を揺すっていた。硬く屹立《きつりつ》したペニスが、友那の動きに合わせて揺れて雫《しずく》をあふれさせる。イきたくてイきたくて、そればかりが頭のほとんどを占めていく。イきそうになるたびに、動きを止められる。友那が必死になって動いても、摩擦が少ないように動きを合わされる。友那をこんなふうに追い詰めた憎い男は、友那に限界が近いことを悟りながら、わざと正気づかせてその狂態を笑うのだ。

「……っや……っ」

ぶるっと震えて自分から動きを止めようとすると、本俊はその努力を嘲笑うかのように友那の中に奥の奥まで突きこんだ。そして一気に引き抜き、友那の身体が焦れったさに揺れるのを待って、勢いよく貫く。

「ぐっ！　……っぁあ、ん……っ」

友那の身体がしなり、ぶるぶると震えた。後孔は漏れ出たものでぐちゃぐちゃに柔らかくなって、その暴虐すら脳が溶けそうな悦楽に変える。時間をかけて弄られることで射精感が高まり、これ以上の我慢はできそうになかった。

「よく啼く。いい声だ」

最奥までねじこみながら、本俊は前に手を回して友那のペニスをなぞった。

「……ッン」

その指の動きにのけぞって必死で耐えていると、敏感な部分に異物をねじこまれて、その痛みに友那はすくみあがった。

「——っひ……！」

あわててそこを見下ろしてみると、透明な雫を吹きこぼす尿道口に挿しこまれていたのは草の茎《くき》だった。さっきまで床の間を飾っていた、野の花だ。いつの間に本俊はそれを手にしていたのだろうか。

「これで出すことができなくなったな」

むごい装飾をほどこされたペニスを、あらためて本俊の指が撫でる。こねるように先端をもてあそばれて、友那は身体を強張らせながらくぐもったうめきを漏らすことしかできない。ペニスの内側の敏感すぎる粘膜を、ちくちくと無数の針で刺されているような痛みがあった。

だが、快楽の淵《ふち》に落とされた友那にとっては、それすら甘い刺激と化す。

「……っ抜いて……っ」

内側からあふれる蜜に押されて、茎が浮いた。それを無造作に押し戻された。ペニスがひくひく脈動する。さらに深くまで茎で貫かれて、粘膜が茎で内側から圧迫される。ぎっちりと、そこを栓されたような感覚が生まれる。

「……っもう……」

気が遠くなりそうな快感に、友那は唇を震わせた。射精すら封じられた。これ以上は耐えられそうもない。おかしくなる。

「終わらせ……て。……っ、助け……」

熱い涙が頬を伝った。

その顔が見たかったのか、本俊が肩をつかんで仰向けに身体をひっくり返してきた。

唇をふさがれ、歯を食いしばって拒もうとしたのに、軽く腰を動かされると身体から力が抜ける。すかさず唇が舌で割られた。

「…っぁ……っ」

舌で口腔内をたっぷりとねぶられる。こんなふうに、唇まで奪われるなんて許せない。だけど、本俊が与えてくるのは、身体の奥が溶けそうになるほどの淫らなキスだ。強引に引き出された舌先に甘い電流が流れる感じがして、からめられるたびに頭の中が朦朧《もうろう》としてくる。

キスが終わると、友那の身体は、また畳にうつぶせに倒された。

腰だけを背後から抱え上げられ、腰を叩きつけられるたびに、入れられっぱなしの友那のそこはペニスでごりっとえぐりたてられる。

ようやく腕を縛っていた紐を解かれたが、逃げられる状態ではなかった。

膝を立てて腰を突き出す格好にされて、勃起したペニスの先端から突き出した花の茎が畳の表面で擦れる。尿道を責め立てられる苦痛に逃げるように腰を動かすと、中のペニスが感じるところにあたって、友那が受け止める悦楽はさらに強くなる。

その状態のまま、獣のように犯された。

「……っぁ、あぁっあっあ、あぁっ、あっ」

友那の意識は灼ききれそうになっていた。

意志に反して、終わらない悦楽にさらされている。与えられる刺激は不慣れな友那には強すぎて、身体が勝手に反応せざるを得ない。

「っ……あ、あぁっ」

腿が痙攣した。本俊がイクまで待つことができず、射精感にさらされて頭が真っ白になる。さっきよりももっと激しい絶頂感にがくがくと腰が動いた。ペニスが溶けそうだ。物理的な枷《かせ》に堰《せ》き止められていたが、自分がイったのかそうでないのかすら定かではなかった。

「つあ、……っあ、ふ……っ」

痙攣が収まっても、余韻で力が入らない。まだ襞がうごめいて、中がうずいて熱い。ほんの少し動かれるだけで、悲鳴を上げそうなほど全身が敏感になっていた。

「つぁ！」

中で本俊が動く。

変わらず硬く力強い律動に、彼がまだイってなかったことを知る。

突き上げられただけで、呼吸すらできなくなるほどの悦楽に巻きこまれて、友那の腿は痙攣した。感じすぎる。早く抜き取ってもらわなくては、おかしくなる。

「やっ……、ぁ、あ……っ、動か……す……な……っ」

身も世もなく泣く友那の顎は、後ろから伸ばした手に捕らえられた。なぶるように本俊がささやいた。

「言いつけを守れずに勝手にイった罰に、どうしてやろうか」

残酷さを秘めた声の響きに、友那は絶望を覚えた。

なのに、淫らな期待に、身体の芯が灼けたように熱くなる。本俊の手が顎から乳首を撫で、友那のペニスまで下がっていく。

「まずは、ここが空っぽになるまで、搾り取ってやるからな」

友那のペニスは、出したばかりなのにも拘《かか》わらず熱を孕《はら》んでいた。そのことに、友那はまた裏切られたような気分になる。指で擦りあげられるだけで、たちまちのうちに硬くなって、腹につきそうだった。また容赦のない律動が始まり、内壁がひくつきながらねだるように収縮するのがわかった。

——嫌だ……っ。

こんな快楽はいらない。押し流されたくはない。だが、与えられる悦楽は強すぎる。

必死で嚙みしめた唇が切れて、血の味が口の中に広がった。


ひどい荒淫ののちに、友那は薄く目を開いた。

どれだけイったのか、覚えていないぐらいだ。

あえぎ続けたせいでのどはひりひりと痛み、犯され続けた下半身が鈍痛を宿らせている。

こめかみのあたりがひどく痛んで、脈動のたびに針で刺されるような痛みがあった。ぐらぐらと首が据わらず、目の奥が痛んで、友那はぎゅっと目を閉じた。

本俊の腕の中にいた。

大きな檜の浴槽から抱きあげられたところだ。いい匂いのする木のすのこの上に両足を投げ出して、座らされる。振り払いたいのに全身がひどくだるくて、自分が大きな人形になった気がした。

——犯された……。

ひどくおぞましく犯されて、心までズタボロになった。

疲弊《ひへい》して、友那は指先すら動かすことができない。自分のあのときの声は、この屋敷中に響いていただろうか。

ひどい恥辱に、死んでしまいたいような気分になる。

本俊の大きな手が、友那を洗っていた。さんざん友那を啼かせた、残酷な指先だ。なのに指の動きは丁寧で、友那の疲れきった身体を癒していく。

髪の中に指を差しこまれ、シャンプーを泡立てられた。昔、友那がずっと幼かったころ、本俊と一緒にお風呂に入って、こんなふうに髪を洗われたことを思い出す。繊細で器用な指の動きが、完全に忘れていた記憶を呼び覚ました。あの無邪気だったころから、どれだけ離れてしまったのだろうか。

「——……みね」

友那は本俊をかすれた声で呼んだ。

「何だ？」

「どうして……こんなこと……っ」

ひどく悲しい気分で、なじるように言うことしかできなかった。

閉じた瞼の間から熱い涙がこぼれ落ちる。

ずっと幼い日のままでいたかった。本俊に全幅の信頼を置いていたあのころに。どうしてこんなことになってしまったのだろうか。

だが、本俊がかけてくる言葉は、残酷そのものだった。

「いつまで泣いてる。おまえはまったく、どうしようもないほどに子供で、取引の基本すらわかっちゃいねえな。これ一回だけで済むなんて考えてるんじゃないだろうな」

いたぶるようにささやかれて、友那は思わず目を見開いた。

——何だと……？　一回だけじゃない……？

またあのようなことをされるというのだろうか。

「俺は、そんな……っ」

「俺の力を借りたいんだろ？」

尋ねられて、友那は力なくうなずく。だからこそ、ここまでついてきたのだ。

本俊は友那の髪を優しく撫でた。

「そんなに怯えた顔をするな。——頼まれたことはしてやる。誰がオヤジたちを殺したのか、調べてやろう。だけど、それには代償が必要だ。おまえはみずからの身体で支払いをすませろ」

「……っだけど……っ！」

友那は食い下がろうとする。命を捨てると、約束はした。

だけど、こんなふうに犯されるのを承諾したつもりはない。

そのとき、友那の腿に本俊の手が伸びた。内腿をなぞられただけで、友那の身体はビクンと反応する。すでにそんな行為に、友那の身体は甘い痺れを宿らせるようになっていた。

「おまえが、あんなに淫らだとは知らなかった」

本俊の声から、獲物をなぶるのを愉しんでいるような気配が漂ってくる。

凶暴な男はそれだけでは飽きたらずに、さらにひどい言葉で友那を辱《はずかし》めようとしていた。

「——本当は、俺にあんなふうにされたかったんだろ。初めてだとは思えないぐらいだった。普通の男なら、指一本ですら入れるのがやっとなのに」

その言葉に、友那の顔からは血の気が引いた。その手の冗談は、本当に苦手なのだ。他ならぬ本俊に浴びせかけられる性的な辱めに、心が引き裂かれそうになる。

「違う……っ！」

必死で言うのがやっとだった。

「何が違う？　俺のをいっぱいに食い締めて、後ろだけでイってただろ」

言われた途端、何も考えられなくなるぐらいに頭が真っ白になり、気がついたときには本俊の頬を叩いていた。てのひらに痛みが広がる。自分が殴ったことよりも、本俊が避けなかったことに驚いた。

本俊は痛そうな顔一つせず、笑みを濃くして友那の足首をつかみ直した。

「否定したいのならば、身体で証明してみろ。あんなにもあえいでいたら、どんな言い訳も無駄だ」

「ぁ、う……っ！」

膝をつかまれて腰を浮かされ、中を掻き回された。精液を掻き出そうとする指の動きに、友那は息を呑む。くちゅくちゅと淫らな音とともに、たっぷりと腿の付け根にあふれていく白濁が、さっきまでの行為をよみがえらせた。

身体を震わせる友那の顎を、本俊がつかんだ。

「おまえはずっと、ここにいろ」

「……ここに……っ？」

神城の家に戻るな、という意味なのだろうか。本俊の本意を探るために見上げると、言葉を重ねられた。

「俺に精を注ぎこまれるだけの人形になれ」

「……嫌、だ……っ」

そんなのは耐えきれない。拒むために声をあげようとすると、中の指の動きが乱暴になった。

「や、……っぁ、あ……っ」

もう指先も動かせないぐらいに疲弊しているというのに、掻き回されることで中が熱くなる。息が乱れ、吐き出す声が止められなくなる。

そんな友那を、本俊が見下ろしていた。

――人形になれって……。

浴びせかけられた言葉が、友那の心を氷のように冷やしていく。熱くなる身体とは裏腹の動きだった。

――俺には、それだけの意味しかないというのか。

体内でうごめく指の動きを感じないように、友那はぎゅっと目を閉じた。目尻《めじり》に涙がにじむ。

こんな屈辱を味わわされて、感じるなんてあり得ない。

「いやだ、……帰る…っ。……っ、帰らなくちゃ……」

うわごとのように、友那は言う。意識がほとんど途切れそうだ。肉親の通夜の夜に、自分はいったい何をしているのだろう。淫らな声が吹きこぼれそうで、必死で歯を食いしばる。また唇が切れて、血がにじむ。

さすがに疲弊ギリギリまで追いこまれた意識は、そこでぷっつりと途切れた。

次に気づいたときには、友那は柔らかな布団に横たえられていた。

友那の肩を、本俊が布団で覆う。かけられた羽根布団は柔らかくて温かく、そのくせほとんど重みを感じさせない。

友那はうわごとのように、唇を動かした。

「……っ、帰る……これから……」

通夜が終わっただけだ。これから告別式もあるし、火葬場で最後のお別れをしなくてはいけない。こんなところで、眠るわけにはいかないのだ。

「俺が代理をしてやる。寝ていろ」

友那の目を、本俊の手が覆った。親指と人差し指で瞼を押さえられ、友那は一つ吐息を漏らす。そのまま、闇に引きずりこまれるように意識が薄れていく。

——代理を？

そんなのはダメだ。ちゃんと起きなくてはならない。

考えられたのは、そこまでだった。

〔三〕

目を覚ましたときには、周囲はすっかり明るくなっていた。

ふと寝返りを打ったときにそのことに気づいて、友那は重い瞼を引き上げる。

八畳ほどの和室に敷かれた布団に、友那は寝かせられていた。ここがどこだかわからなくて、しばらくボーッとしていた。まだ夢の中にいるような気分が消えないまま、友那は腕を伸ばし、庭に面した障子を開く。

空が綺麗なオレンジ色に染まっていた。

朝焼けと夕焼けの区別がつかず、夜明けかと思ってしばらくそれを眺める。

しかし、そのとき、遠くから区の放送が聞こえてきた。それは午後五時になったことを告げ、子供に帰宅をうながしている。

——午後五時。

そのことに気づいた瞬間、大きく身体が震えた。

この空の色は夕焼けだ。自分が完全に告別式をすっぽかしたことを悟って、友那は飛びあがるような勢いで、身体を起こす。途端に全身が痛んでめまいがしたが、気にしてはいられなかった。

「……っ本俊！　本俊！」

大声で叫びながら、寝乱れた浴衣《ゆかた》を整えて部屋から出る。

怒りが全身を染めていた。

本俊は友那をあんなふうに陵辱したのみならず、親や兄の告別式にすらも出席させなかったのだ。

この広い日本家屋のどこに本俊がいるのかわからず、とにかく廊下や庭に向けてできる限りの大声で叫んだ。

しかし、いくら名を呼んでみても、犬が吠え返してきただけで何も返答はない。紺色の浴衣を着せられた自分の姿を、友那は見て考える。このまま帰ってしまおうか。しかし声が聞こえていたのか、しばらくすると組員が友那の元までやってきた。

廊下をまっすぐ歩いて近づかれ、友那の前で彼は膝をついて丁寧に頭を下げた。

「カシラがお呼びです」

「カシラって、本俊のこと？」

尋ねると、彼は控えめに顎を引いた。

こちらへ、と誘導されて、友那は彼の後について廊下を歩いていく。

昨夜は暗くてよくわからなかったが、敷地面積はかなり広いようだ。友那が寝かされていた部屋があるのは西側の離れで、庭に沿って歩いていく。犯された身体は軋み、後孔が熱を持っているように痛んで、足を引きずるようなぎこちない歩みしかできない。先導する組員は、友那が遅れているのに気づくと、何も言わずに歩調を緩めてくれた。

——どこまで行くんだろうか。

ピカピカに磨かれた廊下の先にあったのは、犯されたときの和室だ。

——ここ。

障子を開かれ、その部屋のしつらえを見た途端、友那は息苦しさを覚えた。さんざん陵辱され、あえがされた場所だ。本能的な恐怖に身体がすくみ、逃れようと後ずさる。

しかし、その背はすぐに誰かにぶつかった。

腕をつかまれる。廊下に立っていたのは、本俊だ。

「呼んだか」

本俊の顔を見た途端、友那の心臓はドキリと音を立てた。

彼は外から戻ったばかりのようだ。まとっている黒のアルマーニのスーツから、かすかに線香の匂いがした。

——もしかして……。

鼓動が乱れる。

自分の代わりに、本俊は神城組の葬儀に出席したのだろうか。

「離せ……っ！」

怒りがこみあげてきて、力ずくで本俊の腕をもぎ離そうとした。しかし、反動を利用されて、友那は和室の中に突き飛ばされる。部屋の中に転がりこんだ途端、ピシリと障子が閉まった。

「だいぶ元気になったようだな。昨日は、死人みたいな顔色をしていたが」

本俊が近づいてくる気配を察して、友那はあわてて畳から身体を起こそうとした。しかし、畳に足をすべらせそうになり、何とか向き直ったときには、立ち上がるほどの時間の余裕はなかった。片膝を立てた格好で、友那はすぐそばにいる本俊を糾弾《きゅうだん》する。

「今朝、どうして起こしてくれなかったんだよ！」

告別式と、火葬場での骨揚《こつあ》げがあったはずだ。

喪主である自分が行かずに済むはずがない。

「一応起こした。だけど、起きなかった」

本俊は静かに答えた。

「ぐっすり眠っていたな」

その言葉が本当かどうかわからなくて、友那は視線を泳がせる。

友那がまともに睡眠を取ったのは、四日ぶりだ。眠る前に本俊に徹底的に体力を搾り取られ、疲れきっていたのだろう。一度眠りこんでしまったら、そう簡単に目覚めることはなかったのかもしれない。

——それでも……！

友那はじっとしていられなくて、がむしゃらに本俊につかみかかろうとした。

「だったら、起きるまで起こせ！ ……っみんな、……俺がいないうちに終わるなんて」

昨日、本俊を殴ったことで思い上がっていたのかもしれない。

手首を、あっさりと本俊につかまれた。反対側の腕を振り上げると、そちら側の手首もつかまれる。いくら力を入れても、本俊の腕は外せない。渾身の力で対抗しているのに、軽くあしらわれてしまうもどかしさと憤りに、全身が震えた。

——昨日からだ。

本俊と再会してから、自分の意志はずっと軽んじられている。まともに人間としてあつかってもらえていないような憤りと、それでも逆らうことのできない自分の無力さを思い知らされる。

自分がどれだけ家族の中で甘やかされてきたのかが、理解できた。

今日、葬られた家族の笑顔が頭をかすめる。

「……っ」

身震いとともに、息がのどにつかえた。顔が歪む。

感情の制御ができない。涙腺が異様に緩くなっていた。両手をつかまれたまま、ぽたぽたと涙があふれて止まらなくなる。

友那は、自分を愛してくれた家族をちゃんと弔うことすらできなかったのだ。

——ひどすぎる……！

本俊にそんなことをする資格があるというのだろうか。

あまりの憤りに、身体が震えた。みっともない泣き顔を、本俊にさらしてしまう。

「…なんで、……勝手なことばかり……するんだよ……っ、…もう一度、……っ、最後に顔を見たかった。お棺に入れておきたい……ものだってあった。……それに、もっといっぱいお花を……っ、かあさんの好きだった花を、いっぱい詰めこんでおくはず……だったのに」

今更言ってもどうしようもないことばかりが、とめどなく頭をよぎっていく。

父の棺《ひつぎ》には、金ぴかのネクタイを入れる予定だった。幼かった友那と兄がお小遣いを貯めて父の日にプレゼントした品は、父のタンスの一番目立つ位置にずっとしまってあった。

手首を離され、友那は両手を畳につく。肩を寄せ、小動物のように縮こまったまま、嗚咽に息を詰めながら怒鳴った。

「……裏切り……もの……！」

怒りをぶつけられるのは、目の前の本俊しかなかった。

本当は感情を全て呑みこんで昇華できるほど、大人の男になりたい。当たり散らせば当たり散らすほど、現実の自分はこんなにもちっぽけな人間なのだと思い知らされる。

「俺にひどいこと……したいんだったら、連れてってくれたほうが……よかった」

肩がぶるぶると震えるぐらい力をこめながら、友那は切れ切れに言葉を吐き出す。

「本当は怖かった……。みんなが…骨になった姿なんて、……見…たくなかった。……逃げたかった」

自分が何を言っているのかわからなくなるほど、混乱しきっている。

「そうか。――それは残念だ」

憎たらしいことを言うくせに、本俊の声が不思議と優しく響くのは何故なんだろう。

本俊は友那の涙が止まるまで待ってから、立ち上がって言った。

「食事にする。くたくただ。おまえも、何も食べてないだろ」

それ以上食い下がれずにいるうちに、本俊が組員を呼んだ。


「いつまでそこですねてるつもりだ」

声をかけられて、友那は膝を抱えて座っていた部屋の隅からようやく動き出した。

本俊の向かいにはふかふかの座布団と座椅子と肘掛けが置かれた席が設けられていて、その前にずらりと料理が並んでいた。

友那は躊躇したあとに、その席に腰を下ろした。

ここにいるのはヤクザばかりだと思っていたが、元板前だった組員でも混じっているのだろうか。器もその中身も一流料亭ばりの料理が並んでいる。

おいしそうな数々の品に、友那はしばらくろくに食べてないことを思い出した。ぐっすり寝たせいか、久しぶりに食欲がわいてきた。

しかし、友那はなかなか素直に箸《はし》を伸ばせないでいた。

「……そろそろ帰りたいんだけど」

神城の家に戻って、組員たちと今後のことについて相談しなければいけないだろう。今日の告別式などをすっぽかしたことについても、詫びなければならない。

疑問をぽつりと口に出すと、一人で飲み始めていた本俊はチラリとだけ視線を向けた。

「しばらく、ここにいてもらうと言ったはずだが」

『――俺に精を注ぎこまれるだけの人形になれ』

風呂で洗われながら、本俊に言われた言葉が頭に浮かぶ。

犯されたときのことを思い出しただけで、友那の身体は強張る。許したわけじゃない。あんなことをするために、ここにいるのではない。しかし、事故の真相を探り、復讐をするには本俊に頼る以外にどんな方法があるのかわからなかった。

――神城組のみんなに相談するとか。

しかし、組員に馴染めなかった友那だ。あの場所に心から信頼できる相手はいない。みんな友那に丁寧に接してくれたが、それは組長の息子だったからだ。

今も昔も、心を許したのは本俊だけだ。しかも、本俊は友那の願いをかなえると約束してくれている。

――だけど、……あんなこと、……されたくない。

どうすればあれを回避できるのかと、友那は考える。

家族の死の真相が知りたい。そのために本俊に力になってもらいたい。しかし、抱かれるのは嫌だ。真相が究明されるまでこの家に留まり、本俊にずっと抱かれ続けるなんて我慢できない。

真相を知るためには、何でもすると本俊に約束した。そのためには、命でも投げ出すと。

しかし、いくら割り切ろうとしても、あれは嫌だ。思い出しただけで屈辱に胸がつぶれそうになり、身体が落ち着かなくなる。

――だって、あんなこと言われて。……なぶられて。

今でも、犯された全身に違和感があった。後孔が熱を孕んで、正座を続けているのがかなり辛い。

沈黙が十分ほど続いたあと、黙々と飲んでいた本俊がチラリと、友那の顔に視線を走らせた。

「――食べないのか」

本俊こそ飲んでいるだけで、料理にはろくに箸をつけていない。その食習慣は前からのものなのか、本俊の前には酒と綺麗に皿に盛りつけた白身の魚の刺身しか置かれていなかった。飲むのはもっぱら日本酒で、その好みは昔から変わっていないようだ。かなり強いのか、酔った顔を見た記憶もない。

「食べなくは……ないけど」

ただ何となく、素直になれないだけだ。

早く食べないと、温かい煮物や汁物が冷めてしまう。綺麗に飾り包丁が入れられた野菜はおいしそうだし、刺身はつやつやに光っていた。見ているだけで唾《つば》がわいてしまい、友那はふてくされたように視線をそらせた。おとなしく食べるということは、本俊がしたことを許すという意味にも思えた。懐柔《かいじゅう》はされたくない。そのための、ささやかな抵抗だった。

「ホットケーキがいいのか、お子様は」

意味がわからないでいるうちに、本俊は部下を呼んで、何かを言いつけていた。

——なんだろう?

気まずい沈黙の中でしばらく座っていると、友那の前に焼きたてのホットケーキが運ばれてくる。バターが溶けて甘い匂いを放ち、メープルシロップが別に添えられていた。

「……これ……」

友那は困惑する。

本俊は手酌で酒を注《つ》いでから、素焼きの猪口《ちょこ》を唇に近づけた。

「好きだっただろ」

無愛想な一言に、友那の遠い記憶が呼び覚まされた。

昔、母と留守宅にいたときのことだ。父が自宅にいると和食以外は出されなかったから、不在のときだけ母がおやつにホットケーキを作ってくれた。それが嬉しくて、そのたびにねだっていた記憶がある。

――覚えてたんだ。

あれは友那が小学生のときだ。

本俊にとっての友那は、今でもそんな印象なのだろうか。

さすがに今はそれほど好きではない。しかし、わざわざホットケーキを準備してくれたということは、本俊のほうから折れてくれたようにも思えた。本俊の暴挙を少しだけ許してやることにして、友那はバターを塗り、たっぷりメープルシロップをかけた。

ナイフで切り分けながら、友那はなかなか聞けなかったことを口にした。

「どうして、……本俊はうちを破門になったのか、その理由を教えて欲しいんだけど」

ずっと引っかかっていたことだった。

友那の代理として本俊は告別式に出席したらしいが、神城組の組員ともめ事を起こすことはなかったのだろうか。

本俊は目を伏せたまま、あっさりと受け流した。

「聞かないほうがいいだろうよ」

「だけど！」

「——わざわざ俺に聞くってことは、おまえの耳に入れないほうがいいとオヤジが判断したってことだ。だったら、知る必要はない」

とりつくしまのない態度だ。

突破口はないかと焦る友那の前で、本俊は猪口を置いた。友那を眺めながら、決然とした口調で告げてきた。

「神城組はつぶした」

「え」

いきなりの話にビックリする。

混乱する友那に、本俊は決定事項のように淡々と続けた。

「今日、おまえの名代《みょうだい》として、組で話をしてきた。神城組は今日をもって解散した」

友那は啞然とした。

あまりにも勝手な行動に、しばらくは言葉も出ない。

「……なんで」

それだけ言うのが精一杯だった。

組を背負うのは大変だし、自分の手には負えないと思っていた。葬儀が落ち着いたらみんなにそのことを告げて、今後のことを相談しようと考えていたのだ。

「どうせ、おまえが継いでもつぶすだけだ。結果はわかりきってる。他の者が継いだところで、今の情勢じゃ、どこかの組の傘下《さんか》に入るしか、生き延びるすべはないだろう。そうじゃなければ、篠懸会がつぶしにやってくる」

本俊が言うことは正しい状況判断かもしれない。神城組の組員もそれで納得したのかもしれない。もしくは、西井組の脅威をちらつかせたか。

「だけど……っ！　おまえだって、うちのみんなが、どれだけ組のことを大事にしているかは知ってるだろ」

「くだらないセンチにつきあうつもりはない。組員のうち、使えそうな人間はうちが引き取る」

くだらないセンチと言われて、友那はグッと詰まる。

自分では家族や組員たちの、組第一の姿勢に内心であきれていたところはあったが、外部の人間に言われたくはない。

だが、その怒りを押し殺して尋ねた。

「……みんなは何て言ってた？」

「おまえは、そういうところがなってねえよ」

本俊は眼差しで友那をねめつけた。

「トップになるつもりなら、何があっても平然とした顔をしてろ。示しがつかない。いちいち他人の顔色をうかがうんじゃねえよ。全てを、自分で判断しろ」

トップになるつもりはないし、それができるぐらいだったら苦労はない。できないからこそ、こんなにも動揺しているのだ。

友那は唇を噛みしめ、乱暴にナイフとフォークを置いた。

反論が何もかも封じこめられてしまう。結論としては、本俊の言う通りにするしかないのかもしれないが、それでも心情的に納得できなかった。

「シマはどうするつもり?」

「当面、うちで預かる」

さも当然といったように本俊が答えた。

――つまり、西井組がもらうってこと?

猛然と腹が立ってきた。自分や家族が大切にしていたものを奪われ、何もかもめちゃくちゃにされていくような恐怖があった。身体だけではなく、神城の家も組も本俊に捧げなくては、この男は友那のためには動かないという意味なのだろうか。

神城組は戦後すぐに発足し、渋谷の発展とともに大きくなっていったと聞いていた。今はあちこちに縄張りを食い荒らされ、だいぶ弱体化してはいるが、広い地域に食いこんでいることは間違いない。

それだからこそ、篠懸会にも目の敵にされていたのだ。

――つまり、俺を葬儀に出席させなかったのはこのせい？

だんだんと本俊の腹が読めてきた。

本俊は友那の名代として、葬儀に出席をした。友那がいないほうが、話を有利に進めることができると判断したためだ。

破門になったとはいえ、本俊は神城に恩義がある人間だと思っていた。だからこそ、悪いことはしないだろうと考えていたのだが、この男はもっと怖い存在なのかもしれない。

ゾクリと背筋が冷えた。

――もしかしたら本俊は、完全に敵なのかもしれない。

篠懸会と同じように、神城組の縄張りを狙っていたのだろうか。昔のよしみで友那に近づき、懐柔してその縄張りをかすめとって、満足しているとしたら。

それくらい狡《ずる》いところがなくては、本俊ぐらいの年齢で西井組のトップに昇り詰めることはできないだろう。本俊という男の認識を、友那の中で完全に変える必要がある。何より破門になった理由を、友那はいまだに知らない。

胸のうちに憤激を抱えながら、友那は怒りに震える声で尋ねた。

「……組をつぶしたくないって言ったら？　俺が継ぐって言ったら？」

本俊は鼻で笑った。

皮肉気に細められた瞳が、あからさまな侮蔑を漂わせる。

「俺がつぶしてやる」

「……っ」

ズキリと、全身に痛みが走る。

やっぱり、本俊は味方ではない。そのことがようやくわかった。

本俊は薄笑いを浮かべながら、たたみかけてきた。

「今は警察の取り締まりも厳しい。襲名が決まっただけで、いろんな嫌がらせが始まるぞ。おまえみたいなガキはさんざんこづき回されて、カッとして手をあげた途端、逮捕されて留置所行きだ。おまえの容姿なら、留置所でもさんざん可愛がられるだろう」

怒りで、友那は声も出なくなる。

友那は座卓の上で拳をきつくにぎりしめた。それでも憤激を抑えつけることができずに、小刻みに全身が震えてくる。

目の前のホットケーキに目が留まった。

——こんなもので懐柔されそうになって……っ！

「どうした？　不満そうだな」

そんな友那を、さらに本俊の声がなぶった。

「おまえは何も考える必要はない。神城にも戻らなくてもいい。ここにずっといろ」

「誰がっ！」

友那はホットケーキの皿の横に、叩きつけるように手をついた。

そのまま立ち上がる。

「帰る！」

こんなところにいつまでもいられなかった。

神城の家に戻って、本俊が言ったことは本当なのか、組員たちはその言葉に従う意志があるのか、確認しなくてはならない。

友那は乱暴に障子を開き、早足に歩き出す。

その背に向かって、本俊が誰かに「捕まえろ」と短く命じた。その声が聞こえた途端、友那は走り出した。

浴衣ではやたらと走りにくい。それに、昨日さんざん貫かれた身体が、一足ごとに痛みを伝えてくる。その痛みが友那に危機感を与えた。絶対に捕まりたくない。自分はここを逃れ、神城の家に戻るのだ。

だが、不案内な家のことで、廊下は迷路も同然だった。どこが玄関なのかもわからない。

本俊の命令が伝わったのか、にわかに周囲が騒然とした。走っていこうとする先の襖が乱暴に開いて誰かが走り出す気配を察して、友那は立ち止まった。このままでは捕まる。逃げ場を探して庭園側に飛び降りようとして、裸足《はだし》なのを躊躇した。そのとき、いきなり真横の障子が開いて、他の組員が飛び出してくる。ぐっと肩をつかまれた。

「はな、せ……っ！」

一度だけは何とか振りほどくことができたが、背後から近づいてきた別の男に、友那は羽交《はが》い締めにされた。宙づりにされ、友那は本俊のいる和室まで荷物のように運ばれる。

「放せ！　……っやめろ、おまえら……っ！」

暴れても浴衣が乱れていくだけで、効果はなかった。

本俊は障子を開いて、連れ戻された友那を見た。襟も裾も乱れきっていた。

「眼福だな。隣の部屋に転がしておけ。……暴れないように、軽く縛れ」

本俊の言葉に、組員たちは友那の身体をさっき夕食が並べられた部屋の隣に入れ、きりきりと腰紐で縛り上げていく。

「……っや」

身体を畳に押さえつけられ、両手を背中で固く一つに縛られた。屈強な組員二人が相手だと、友那は手も足も出ない。腿とふくらはぎも紐で荷物のようにくくられていく。紐のかけ方は本俊よりも容赦がなくて、痛いほど身体にぐっと食いこんできた。

組員たちが作業を終えて部屋から出て行っても、友那は転がされたまま、立ち上がることすらできずにいた。

ようやくバランスを取って身体を起こそうとしたところに、本俊が入ってきた。

本俊に抱きあげられ、膝の上に乗せられた。

「触るなっ！」

友那は芋虫のようにくくられたまま、身をよじった。

足の紐は意地悪なことに浴衣の上からではなく、足に直接巻きつけられている。腿の途中と、ふくらはぎを縛られていた。手は後ろ手に縛られているだけだったが、襟元がはだけて乳首まで見えてしまっている。あと少し裾がはだけたら、下着をつけていない性器すら見られてしまうことだろう。

「あいつらに見せるのは惜しかったかな」

本俊は笑いながら、友那の肩に手を伸ばした。昨夜の乱暴の余韻を友那の身体は残していた。浴衣で擦れただけでも痛いというのに、また触られたくない。

「やだ……っ、触る、な……！」

友那は警戒に身体を硬くした。

だが、身体のラインを確かめるように、本俊の手が胸元に忍んでくる。乳首には触れられずに、てのひらはすっとずれた。緊張に息を詰める友那の顔を、本俊は楽しむようにのぞきこんでくる。手の動きによって浴衣が動き、尖った突起に布地が擦れるだけでも感じた。友那は身体をガチガチにして、身体に加えられるわずかな動きを受け止めた。

「吸いつくような肌だ」

本俊の手は友那の腹のほうに下がっていく。胸元から脅威が去り、ほっとする間もなく、本俊の唇が下がってきた。露出した乳首に舌が伸ばされ、舐められる予感に友那の身体は震えおののく。

「――っ……」

だけど、覚悟していたところに刺激はこなかった。

周囲の色づいた部分のすぐ外側だけを舐められ、突起がしこってくる。いつその中心に触れられるかと、身体から力が抜けない。

「早く、……俺を帰せ……っ。帰る……から」

「そうはいかない。言っただろ。おまえは客分として、ずっとここにいてもらう」

――何が客分だ！

こんなふうに縛られて、身体を好きなようにされて、それで客分なんてあるはずがない。戦国時代の人質のようなものだ。

抗議しようとした途端、乳首にいきなり歯を立てられた。

「……っん、あ……っ」

痛みだけではなく、昨夜さんざん味わわされた甘い刺激がよみがえる。そのことに狼狽《ろうばい》して、声が出た。

「いい声だ」

満足したように微笑んで、本俊はまたそこに唇を埋めた。

焦らされていた分、舌がうごめくたびにたまらないうずきが走り、肉の快感が友那をむしばんでいく。

乳首を吸われるたびに、耐えられないような快感に襲われて、友那は首をのけぞらせた。そんなふうになるなんてあり得ないはずなのに、昨夜抱かれたことで自分の身体が徹底的に変質してしまったようだった。唾液をからめてじゅくじゅくと吸われ、甘噛みされていると、上擦ったような声が次々と漏れ出してしまう。

吸われていないほうの乳首にも、指がからみついてきた。強めに押しつぶされ、さらに何度も揉みつぶされる。吸われながら、反対側を何度も爪の先で擦りあげられる刺激を受け止めきれず、友那の身体はびくびくとのたうった。

ようやく乳首から唇と指が離され、友那の身体は膝の上に横向きに抱え直される。

本俊の手に裾を割られて、それに狼狽して身体をひねろうとした途端に、唇がふさがれた。

「…ん、……っく」

侵入する舌を舌で押し戻そうとするたびに、擦れてじんわりと唾液が広がっていく。起きたときから、一滴の水も口にしていないことを思い出した。舌をからめられ、掻き回されるたびに、耐えがたいのどの渇きが少しだけ癒えていく。水分が欲しくて、いつしか友那はその巧みなキスに夢中になっていた。

ふと舌を動かしたときに、本俊の動きに応えるようにしていたことに気づいて、友那はハッとした。

顔を背けようとすると、意外にも簡単に唇は離れる。本俊が腕を伸ばして、調度の上に載せてあった猪口をつかんだのが見えた。

隣室まで酒を運んでいたらしい。

酒を口に含むような動きをしてから、また友那の唇をふさいできた。

「……っや……っ」

少し温《ぬる》い酒が注ぎこまれてくる。のどの奥に、酒の味が広がっていく。未成年の友那は行事のときぐらいしか日本酒を口にすることはなかったが、そのどんなときよりも甘く感じられた。

飲み干すと、渇いたのどが潤っていくようだった。拒んでいるはずなのに、友那は何度も新たな口づけを受けてしまう。キスに酔わされているのか、酒に酔わされているのかわからない。

頭がボーッとした。

「可愛いな、おまえは。拒むかと思えば、甘えてきやがる」

本俊はささやき、友那の身体を膝の上にうつぶせに倒した。浴衣の裾をまくられて剝き出しの臀部を見られ、友那は泣きたいほどの惨《みじ》めな気分に陥る。なのに、後ろ手に縛られた手を固くにぎりしめることしかできないのが、悔しくてたまらなかった。

一度ならず連続してこんな辱めを受けているというのに、身じろぎするたびに本俊の腿とこすれ合う乳首から甘い刺激が走り、気持ちとは裏腹に身体がどんどん熱くなっていく。

――甘えてなんかいるものか！

友那は心の中で反論する。こんなことは嫌でしかないはずなのに、好んでいるように思われることが心外でならない。石のように反応したくないのにすでに身体の芯のほうが熱くなり始めているのが悔しくてならない。

「ここはどうなってる？」

本俊の手が友那の腰の丸みをなぞった後で、後孔に触れた。酒で濡らされたのか、ひんやりとした指が、襞を擦りながら奥へと遠慮なく入りこんでくる。

「やっ……」

足を一つに縛られたままだから、よけいに指が入ってくる感覚がまざまざと感じ取れた。

「熱い。まだ濡れてるようだな」

ささやかれて、友那は唇を噛む。自覚できるぐらい、そこが火照って濡れているような感覚があった。だけど、本俊がさんざん昨夜、貫いたせいだ。まだ少し腫《は》れているのかもしれない。

もっと本格的になぶられるのを覚悟していたのに、あっさりと指は抜き取られた。

「残念だが、今夜は少し約束がある。代わりに、これをしゃぶってろ」

指の代わりに友那の体内に押しこまれたのは、親指ぐらいの大きさの異物だった。奥までしっかり食いこまされてから、スイッチを入れられる。

「……っな…」

体内から響いてくる振動に、友那の身体は大きく震えた。そんなものを入れられるなんて信じられない。あまりにおぞましくて、嫌悪感がある。排出しようと、襞がからみつく。力が抜けなくなる。

「何、……これ……っ」

だが、友那の身体はそれを入れっぱなしにされたまま、仰向けに転がされた。入れられた小さなものは、友那の後孔の中で淫らな振動を続けている。ちょうど感じるところに当たっているらしく、身体中の毛穴がざわっと逆立つようなたまらない刺激があった。

「つは、ぁあ、ん……っ」

身体を硬直させて中の振動に耐えていると、友那の足を結ぶ紐が外された。後ろ手に拘束していたものもほどかれ、友那は浴衣の帯を締め直された。

腰を支えられて強制的に立たされたが、中のものは入れっぱなしで振動は止まらない。自分で抜き出そうにも、本俊に手首をつかまれていてかなわない。

友那の膝はがくがくと震えていた。立っていられなくて本俊の身体にすがりそうになる。座りこむことは許してもらえなかった。

「気に入ってもらえたようだ」

「……ッ抜け、……っこんなの……さい……あく……っ」

熱に潤んだ目で見上げても、本俊は涼しげに笑うだけだ。

腰と帯をつかまれて歩き出されると、友那は引きずられるように歩かざるを得ない。踏み出すたびに中の異物が襞と擦れ、不規則に走る刺激に息を呑む。

本俊の腕にすがりながら、友那は一歩一歩進むしかなかった。容赦ない振動が、友那の襞を直接揺さぶる。

「…なんで…っこんなこと……するんだ……よ……っ」

「さっき逃げ出したお仕置きだ」

この場に座りこんで一歩も動きたくないのに、友那を誘導する本俊の腕は力強く、立ち止まることは許されない。

寝かされていた和室の方向に向かうようだ。廊下を二回ほど曲がったその先にあった。来るときよりも、ずっと遠く感じられた。なかなかつかない。

「それに、用事があるって言っただろ。これを入れて、緩めておけ。——知ってるか？　最初はきつく締まっているおまえの孔が、感じてくるとねだるように開いて、うごめくようになる。俺が戻ってきたら、いつでも呑みこめるようにしておけ」

あまりのセリフに、友那は絶句した。

思わず立ち止まろうとしたが、帯をつかまれて強引に引っ張られる。

「——ッ、嫌だ……」

また犯されるなんて、絶対に嫌だ。

身体の奥に本俊の性器を突き立てられるときの恐怖と快感を思い出しただけで、友那は闇雲な恐怖を覚えた。本俊の腕を振りほどき、こりずに逃げ出そうとする。しかし、ほんの数歩踏み出しただけで、電撃に撃たれたようなショックに襲われた。

「……っぁ、あああ……っ!」

淫欲とともに強烈な痺れが脳天まで突き抜ける。膝から力が抜け、廊下にうずくまることしかできない。最初はいったいこれは何なのかわからなかった。ようやく中に埋めこまれていたローターが最強に振動しているからだとわかる。

「っひ、ぁあ! あ……っ!」

友那は悲鳴のようにたて続けに漏れそうな声を、必死に噛み殺した。苦痛に近い快感に、廊下で身体を丸める。がくがくと腰が跳ねた。

廊下のひんやりとした木の板に、額《ひたい》や頬が触れる。庭から木や土の匂いがする。

こんなところで悶《もだ》えていたら、いつ誰の目に触れるかわからない。だが、何もかも制御できないような快感があった。

苦しかった。

あまりに強い刺激に、呼吸さえまともにできない。意識だけはしっかりしているのに、体内で暴れ回る異物が友那の粘膜を淫らに苛《さいな》む。

崩れ落ちた友那のほっそりとした身体に、本俊の腕が回された。

「どうした？　転んだか？」

ローターを強くした張本人のくせに、白々しいことを言う。

しかし、友那は廊下に突っ伏したまま、硬く食いしばった唇から力を抜くことすらできなかった。友那の生殺与奪権をにぎっているのだと伝えるように、中のローターが強くなったり弱くなったりする。そのたびに友那は、身体を突っ張らせた。

「……っや、――っあ、……ッ助けて……っ」

あまりに強い振動に、友那が涙と涎をにじませながら懇願すると、ようやく本俊は中のスイッチを切ってくれた。

力の抜けた身体が、本俊のたくましい腕によって抱きあげられる。

心では抵抗していたが、腰に力が入らなかった。とんでもない悦楽の余韻に、頭に霧がかかったままだ。

不安定な格好が怖くて、友那は本俊の首の後ろに腕を回した。

部屋に向かいながら、顔を本俊の首に押しあてたのは、このみっともない姿を他の組員に見られたくないからだ。

なのに、抱きついた胸は広くて温かく感じられるのが悔しい。

この男を、許したわけではないのに。

「っん……ぁっ……んっ…はぁ…」

いつしか、食いしばることを忘れた唇から、ひっきりなしに甘い声が漏れていた。

友那の寝室として使われていた八畳の部屋の続きにあたる、十畳の部屋の和室にいた。その部屋の床の間の柱を背にして、友那は腕を縛られ、立ち上がることもできずにいる。

一度は綺麗に直された浴衣の裾は、友那自身によって再び左右にはだけられていた。ひっきりなしに膝をよじり、悶えていたせいだ。

この部屋に運ばれ、柱にくくりつけられたのちに、友那の体内のローターは本俊の手で二つに増やされた。

途切れることのない弱い振動が、ずっと友那を悩ませていた。感じすぎて締めつけると、二つが中でぶつかり合って、とんでもない刺激が突き抜ける。だけど、快感はできるだけ感じたくなかった。屈辱的だし、消耗するし、何よりもペニスの根元は、本俊によって無惨にくくられてしまっているのだから。

──まるで道具みたいだ。

あえぎながら、友那はつらつらと考える。

弱い振動ではあったが、長時間放置されていたために、友那の身体は極限まで熱くなっていた。

腿は慎《つつ》ましく閉じることすら忘れ、全身から力が失われている。誘うように淫らに開いた足の奥で、剝き出しにされたペニスが硬く反り返って先端から蜜を吹きこぼしていた。乳首はむず痒《かゆ》くてたまらないほどに硬くしこり、そこを思いっきりつねるか、嚙んでもらいたくて仕方がないほどにうずいている。

こんな状態で、何時間放置されているのだろうか。

息をするたびに、艶めいた吐息が漏れる。身体が熱くて、どうにかなりそうだ。

本俊が出て行ってからというもの、この部屋に来る者は誰もいなかった。部屋の明かりだけが煌々と灯されている。開いた自分の腿の内側の白さが目に染みる。

『最初はきつく締まっているおまえの孔が、感じてくるとねだるように開いて、うごめくようになる。俺が戻ってきたら、いつでも呑みこめるようにしておけ』

本俊の声がよみがえった。

性の道具として便利なように、自分はこんなに焦らされ、苦しんでいる。そう思うと、なおさら恥辱が意識された。

何度も友那は耐えきれずに足をすりあわせ、そのたびに中のローターがもたらす刺激に、悶えるしかない。

——もう十分なのに。

中はどろどろだ。奥まで柔らかくほぐれて、友那の意志とは裏腹に淫らにひくついている。

早く本俊に戻ってきて欲しかった。だが、本俊が戻ってくれば犯される。柔らかな体内を、あの硬い剛直でえぐられる。

——嫌だ。

嫌悪感が背筋をざわりと這いあがる。

まだ体内に他人の肉を受け入れることに、友那は慣れてはいない。しかし、淫らな快感を教えこまれた身体は、焦らされ続けられて灼ききれそうになっていた。

「……ぅ、う……つぁ、はぁ、あ……っ」

身体の熱を持てあましていた。息をするたびに、淫らな声が漏れる。

広い家屋のどこからも、物音一つしない。もしかして、本俊は友那のことを忘れてしまったのではないだろうか。こんな状態にしたのも忘れて、どこかで飲み明かしてはいないか。

あれから、どれだけの時間が経ったのか、友那にはわからなかった。しかし、あまりにも遅すぎる。

見捨てられたような不安で、いっぱいになっていく。

——本俊が戻らなかったら……。

ずっと、朝までこんな状態で放置されるなんて我慢ならない。途中で組員の誰かに、この恥ずかしすぎる姿を見られるのか。中の電池はあとどれくらい持つのか。

「うっ……」

友那は腿をまた強く擦り寄せた。

後頭部が柱にぶつかるぐらい、顎をのけぞらせてあえぐ。手さえ自由にされていたなら、中からローターを抜き出すことができただろう。硬く反り返るペニスの根元の縛めを外し、指でしごいて滞《とどこお》った熱を解放させたい。痒くてたまらない乳首を、思いっきり指でひねりたい欲望もこみあげ、もどかしさに狂わされていく。

「……っあ。ん、ん……っ」

朦朧とした意識の中で、友那は本俊に抱かれていた。硬い歯で乳首を噛みちぎられる、ギリギリとした痛みと快感も受け止める。そうするたびにぎゅっと中に力がこもった。

「…みね……っ、……っや、……っぁ……」

瞼をぎゅっと閉じたまま、友那は甘い声を漏らした。ひたすらもどかしい愛撫に、友那の身体は煽《あお》られていく。

不意に唇に口づけを受けて、友那はびくんと震えた。襖や障子の開く音は聞こえなかったはずだ。一瞬、これはまだ、妄想の続きじゃないかと考える。

しかし、唇に感じる舌や押しつけられる顎の感触は、紛れもなく現実のものだった。

顎をつかまれ、呼吸が苦しくなるぐらい、甘いキスを受けた。それに応える友那の舌使いも、少しずつ淫らになっていく。どう動かせば快楽を得ることができるか、本俊の舌に誘導させせられて、身体に覚えこまされていく。

息が継げなくなったころ、ようやく唇が解放された。

「……本俊？」

友那は瞬きをして、戻ってきた男を見定めようとする。さんざん焦らされ、消耗させられたせいで、目の焦点がなかなか合わない。

それでも、目の前にいるハンサムすぎるほどの男は、本俊以外の誰でもなかった。

見放されなかった安堵に、じわっ、と涙がにじみそうになって、そんな自分を恥じた。

「中、……抜け。……早く…っ」

「それが人にものを頼む態度か。だいぶお愉しみのようだったが」

本俊が友那の股の間に足を差しこみ、後孔のあたりを冷たい指の腹でなぞった。

「っんんっ！」

友那の身体はびくっと跳ね、勢いよく上げた頭が柱にぶつかる。膝に力が入って、差しこまれた本俊の足をぎゅっと挟みこんでしまう。

「やっ……、早く、……っ……っ抜け」

懇願しながら、作業がしやすいように膝の力を緩める。

しかし、伸ばされるのは足だけだ。足の指が、友那の敏感なところをくすぐる。

ゾクッとして腰を浮かせようとすると、高ぶっていたペニスを踏まれた。上を向いていた状態のものを強引に押しつぶされ、痛みとともに先端からまた蜜があふれる。ふくらんだ玉のあたりまでが圧迫されて、苦しいのに感じてしまう。

「あぅ……っ」

「どうした？　こんなところを踏まれて、気持ちがいいのか。この淫乱め」

限界に近くなっているものを、踏みつぶされる。屈辱的な行為のはずなのに、それでも凄まじい快感が身体を貫いた。根元をくくられていなかったら、きっとこれだけで達していただろう。

「そんなはず……ない……っ」

何とか、否定するだけで精一杯だった。射精を禁じられて、行き場のない快感が身体中に充満している。汗が吹きだし、本俊が与えてくれる感覚に、孔という孔がひくひくと反応している。

必死で耐えていると、本俊の足がペニスから外れた。次はその奥の淫らな孔を標的にしたらしい。親指でなぞられ、入ると見たのか、突き立てられる。

「——っ……！」

柔らかくほぐれていた部分は、その指を根元までくわえこんだ。奥まで届かないその感触に、ぎゅうっと入り口がからみつく。軽く足を揺らしながら、本俊があざけるようにささやいてきた。

「これも悦いのか。——俺にどうして欲しい？　友那」

入れたり出したりしながら、括約筋ばかりを集中的になぶられる。奥のほうまで刺激が伝わり、弱い部分にローターが触れる。

「ふっ、……っぁっあ……っ」

大きく足を開いたまま、友那はあえいだ。入り口だけではなく、もっと奥まで思いきり掻き回して欲しくて、下腹を突き出すようにして刺激をねだる。

もう限界はとうに超えていた。

射精したい。そのことしか考えられない。

「友那。……どうしてほしい？」

再び尋ねられて、友那は唇を噛んだ。乾ききった唇に、本俊のキスがまた欲しくなる。ぐちゃぐちゃになるまで、口腔内も潤して欲しい。

「……抜いて……っ、中、の……」

うわごとのように伝える。

「それだけでいいのか」

うなずくと、本俊は友那の中をぐちゃぐちゃに掻き混ぜた足の親指を抜いた。だけど、中のローターは外してくれない。本俊の足の指で刺激された後だけに、もっとすごいものが欲しくてたまらなかった。

——どうにか……して欲しい。

もどかしさに濡れた目を向けると、本俊は友那の足の間で片膝をついた。

切なげに悶えながら、友那は本俊の動きを待ちわびる。ほとんど思考力は失われていた。

だが、本俊の手は外に出ているローターのコードには触れることなく、代わりに友那の胸元に伸びてきた。襟を乱されただけで、尖りきった乳首がずくんとうずく。ずっと痒くて死にそうだった部分をいじってもらえるのだと思うと、身体の力が抜ける。友那は胸元をそらせるようにして、愛撫を待った。

「つぁ！　……っ」

乳首を思いがけないほど爪で強く弾かれた。強い痛みが身体を貫き、それだけで友那の身体は、昇り詰めそうになる。だが、達することができないまま、乳首の痛みが薄れていくのを待つ。

すぐに痛みは快感に変化し、新たな刺激を待ちわびるほどになっていたというのに、本俊がそこに触れてくれたのは一度きりだった。

硬くなったペニスを取り出し、友那の前髪をつかむと、頬をその凶器で蹂躙《じゅうりん》するようになぞってくる。

「これで、どうされたい？」

「つく……っ」

顔に押しつけられた熱いものの感触に、友那は泣き出しそうに顔を歪めた。こんな屈辱を受けているというのに、その熱に粘膜が痺れる。ひどくうずくその部分にあてがって一息に貫いてもらいたくて、身体中がざわめいている。

口元に突きつけられたその熱も欲しくて、友那は無意識のうちに口を開いていた。

しかし、舌先がそれに触れるよりも先に、本俊に止められる。

「どうした？　しゃぶりたいのか」

完全に揶揄《やゆ》する声の響きだった。恥ずかしさに友那の全身が震えると、本俊は命じた。

「だったら、しゃぶらせてください、って言ってみろ」

「……っや……だ……！」

そんなことが言えるはずがない。

正気に引き戻され、あえぐように肩で息をしながら本俊をにらみつけようとすると、友那の肩がつかまれた。口に突きつけたペニスが、グイと乳首に押しつけられる。尖りきったものを硬い熱い肉棒の先端で転がされて、ぬるぬると先走りの蜜をまぶしつけられ、身体のうずきが極限まで高まる。

——このままじゃ……っ、どうにかなる……！

ぎゅうぎゅうとローターを締めつけてしまったために、二つのローターは襞の中で完全に一つになっていた。いくら力を抜いても、増幅された淫らな振動は収まらない。感じすぎるところを、狂おしいほどの振動で揺さぶってくる。

おかしくなりそうな淫欲に満たされて、友那はぎゅっと目を閉じた。

「しゃぶらせて……ください」

あまりの悔しさに、瞬きとともに涙があふれた。

「そんなにしゃぶりたいのか」

「……っはい」

屈辱に声がかすれる。しゃぶらなければ、この苦痛は止まない。早く終わらせるためには従うしかない。そんなことぐらいはわかっていた。だからこそ、何も感じないように、頭の中を真っ白にしてみる。

本俊のペニスが口元に突きつけられた。

「たっぷり味わえ」

舌先で先端を舐めようとした途端、大きく口を開かされて、ぐいっと奥までねじこまれた。いきなりのことにむせそうになって、顔を背ける。

それでも、本俊は容赦してくれなかった。前髪をつかんで固定され、また強制的に深くまでくわえさせられそうになって、友那の舌がそれを押し戻そうとからみつく。だが、それはかなわず、太い肉棒がのどの奥を何度も突き、苦しさに吐き気がこみあげた。

「…つぐ、ん、ぐぐ……っ」

のどの奥まで突かれ、道具のように口を使われていると、友那の意識は朦朧としてくる。頭の中まで犯されている気がした。不意に中のローターが強に切り替わり、甘ったるすぎる衝動が友那の全身を淫らに満たしていく。

息がうまくできなくて涎を垂れ流し、苦しげにあえぐしかない友那を本俊が見下ろしていた。

「…つぐ、ん、ん……っ」

ローターが送りこんでくる悦楽に啼きながら、友那は懸命に奉仕した。頭を揺さぶられ、直接粘膜を揺する淫らな振動にも溺れていく。圧倒的な力に支配されるのは、どこか気持ちよくもあった。

縛られ、口を使われて辱められていることが、友那をますます興奮させていく。

意識はほとんどなくなり、全身ががくがくと痙攣して止まらなくなっていた。

「……っ！」

そのとき、いきなり口の中からペニスが抜き取られた。

何が起きたのかわからず、呆然としている友那の顔に白濁が浴びせかけられる。

頰に粘りのある精液が飛び散る。その熱さに、友那は灼かれた。

「あ、……あふ」

全身から力が抜けていく。とんでもなく貶《おとし》められたような気がした。閉じた目の内側に熱い涙がわき上がり、とめどなく頰を伝っていく。

本俊にとって自分は性の道具でしかないのだと、嫌というほど思い知らされた瞬間だった。

そんな友那の顔面に、一滴残らず浴びせかけると、本俊は一息ついてから柱の後ろに回って、そこに友那を固定していた手首の紐をほどいてくれる。

身体が支えられず、友那は身体を横に倒した。

「……っ」

とにかくペニスが痛いほどうずいていて、友那は無意識のうちにそこを縛めている紐を手探りで外そうとした。だが、どこをどのように縛られているのかなど、まともに考えられない。そう複雑にはくくられていなかったらしく、がむしゃらに引っ張っていると、外れた。続けて友那は、ずっと中に入れられたままのローターのコードをつかんで、引っ張り出そうとする。

その一連の動きを、本俊が見下ろしているのはわかっていた。本俊の視線を全身に浴びながら、友那はローターのコードをたぐった。

「ぁ、ああ……っ」

振動したままのローターがからみあってゆっくりと抜き出されていく焦れったいような快感に、友那はすすり泣くような声を漏らした。

一気に抜きたいのに、襞がローターをきつくくわえこんでいて、なかなか離してくれない。抜くのに合わせて切迫した射精感がこみあげてきて、友那は自分で性器をにぎった。

濡れそぼつそれをこすりたて、射精に導こうとする。

「ん、んん、……っ」

もう限界なのに、それでも本俊の視線が気になった。

友那はもどかしさにあえぎながら、淫らにペニスをこすりたてる。本俊に見られながらイクという背徳の快感にぞくぞくと背筋が痺れ、どうしようもない快感に泣き出しそうになる。イきたくてたまらないのに、視線が気になって、なかなかイくことができない。

うずくまるように身体を丸めて、友那は首を振った。

「見る、……な……っ」

本俊の存在が邪魔だった。

「見られてイきたいんだろ?」

その言葉がなおさら見られていることを意識させ、友那のペニスはいくらこすっても、はち切れそうにふくれていくばかりになる。まるで見えない何かにくくられているように、最後の一瞬が訪れない。

「助けてやろうか」

なぶるような甘い声で尋ねられて、友那はがくがくと震えながらうなずいた。

「……助け、……て……っ」

この状態を打開できるのは、本俊しかいない気がした。

本俊が友那の足をつかんで、和室中央まで引きずる。それから両足をかつぎあげた。

括約筋付近まで移動していたローターが完全に抜かれ、ペニスを挿入される。

「つぁああ……っ！」

焦れったい機械の振動ではなく、硬く熱い切っ先が、襞を押し分けて無理やり入ってくる。

その圧倒的な存在感に灼かれながら、友那は昇り詰めた。

長時間の焦らしに押さえこまれていた欲望が、一気に爆発する。

その衝動にひくつく襞が、入れられたばかりの剛直を締めつけた。

もう、陵辱されることに対する怖れも不安も、何もかも吹き飛んでしまっている。

力の抜けた身体を続けざまに突き上げられ、友那は身体をしならせてあえいだ。

——気持ち……いい……っ。

えぐられるたびに、歓喜が身体を貫く。ずっと焦らされていた部分を甘ったるく満たされる悦びに、頭が痺れていく。涎が吹きこぼれた。

友那は切羽詰まった声を漏らしながら、はしたなく本俊のペニスに腰をこすりつけた。物欲しげにひくつく腰が、そのたびにたまらない歓喜をもたらす。

後はもううずいてたまらないところを責めつくされることしか、考えられなかった。

〔四〕

その日から、友那はずっと本俊の家に囚われることになった。

手足を拘束されているわけではないが、極道の男たちに周囲を固められていては逃げられるものではない。

広い日本家屋はやはり西井組の本陣にも使われているようで、住みこみの組員が大勢いる。出入りに備えて壁は高く、防犯のためのセンサーがさりげない物陰にまで張り巡らされていた。監視カメラなどのセキュリティも、しっかりしているらしい。

ここから出して欲しい、と言っても、本俊は聞く耳を持たなかった。

「おまえは俺に全てを預けたのだろう?」

そう答えるだけだ。だったら、家族の死の真相がどこまでわかったのか教えて欲しいと食い下がったが、「まだ途中だ」の一点張りだった。

ここにいては、警察からの連絡も受けることができない。解散したという神城組の組員とも連絡できない。

——警察に通報したら、ここから出してもらえないかな。

友那は冗談のように、そんなことまで考えてみる。

しかし、通報しようにも携帯電話はなく、固定電話は全て内線で制御されているらしく、傍聴されることなしに外へは通信できそうにない。それに、極道の家に生まれ育った友那からの通報を、警察がまともに取り合うはずがなかった。

——あれから二週間。

友那はこの家で飼われ、本俊の慰み者としてあつかわれている。

友那を見張る組員たちは表面的には丁寧に接してくれるが、おそらく抱かれるたびに出してしまう声などから本俊とのことを知られているのだろう。

そう思うと、友那は恥ずかしさと気後れから、彼らとろくにしゃべることもできない。何より男のペニスをくわえこんでよがる自分を、友那は認められないでいた。

挿入される衝撃に息を呑むのも、今では最初の一瞬だけだ。

泣き叫ぶほど辛かった性行為に、友那の身体は少しずつ慣らされていった。焦らされ、いじめ抜かれても、友那の身体は全てを快感として受け止めるようになっている。

そんな自分の身体を、友那は恥じた。

そんな身体にした本俊を、憎まないわけにはいかなかった。

——許さない。

とにかくこんな場所から逃げ出したい。本俊の精を注ぎこまれるだけの人形でいたくない。

だけど、そう思う傍らで、友那の身体は毎晩の荒淫に熱く溶けていた。徹底的になぶられた襞が、昼間から熱を孕んでいる。このままでは、身体が作り替えられてしまう。

本俊は友那の意志など気にかけてはいなかった。拒もうが、嫌だと泣き叫ぼうが、当然の権利だというようにかまわず友那を抱く。どんどん淫らになっていく友那の身体をあげつらい、より淫らにふるまわせようとする。

昨夜、自分が本俊に言わされた言葉がよみがえりそうになって、友那は首を振った。

あれは自分ではない。だが、昼間にも残る下肢のうずきが、友那を昨夜の追憶から引き離してくれない。

だからこそ、友那は自分を保つために、本俊の言葉をよりどころにするしかなかった。

『……俺を憎め。おまえの全身全霊で、俺のことを思え』

――憎めばいい。

友那は自分に言い聞かせる。

憎しみで人を殺せるような人間になれたら、自分は強くなれるのだろうか。

しかし、こんな状況に陥ってさえ、友那は本俊があの事故の真相を調べてくれることを頼りにしていた。軟禁状態におかれて、逃げ出せないでいる自分の苦痛への報《むく》いを、求めずにはいられない。

――これは取引だから。

一方的に陵辱されているだけなんて、友那には認められない。だからこそ、そう自分に言い聞かせて納得しようとする。

——だから、本俊はいつか、ちゃんと答えを持ってくる。事故の真相を知らせてくれる。

叫び出しそうな閉塞感の中で、友那は何度も自分に言い聞かせた。

——本俊が犯人を見つけたら、この手で復讐してやるから。

この日々は、そのための布石だ。友那が人を殺せるようになるための。壊れるための。

少しずつ、友那は心を殺していく。自分というものを壊していく。

そうでなければ、復讐は果たせないはずだから。

本俊の冷たい目を、友那は思い起こす。

あんな目をした人間になりたい。

明け方近くまで抱かれただるい身体を持てあまし、友那は庭に面した縁側に出て、腰を下ろした。午後の遅い時間だ。熱があるのか、火照った身体に冷たい外気が心地良かった。すぐそばにある柱にもたれ、足を垂らして目を閉じる。

——帰りたい……。

神城の家に。

ここは立派だが、どこもかしこも馴染めない。心を安らげる場所がない。

本俊は友那がこの家から出るのを、一切許してくれなかった。家族の納骨や墓参りすら許されない。いくらそのことで交渉しようとしても、キレて叫んでも無駄だった。

ここでの自分は、ただの人形だ。綺麗に装われ、手入れされて、ボスの性欲を処理するためにだけ提供されるものに徹するしかない。

しばらくじっとしていると、つま先が氷のように冷たくなった。それでも、友那は動く気にはなれずにいた。このまま、心のない存在になれればいい。

この家で過ごすにつれて、友那からだんだんと時間感覚が失われている。友那が一日のほとんどを過ごす和室の中には、時計もカレンダーもなかった。

一日中所在なく過ごすうちに曜日感覚も失われ、いったい今日が何月何日なのかわからなくなっていた。最初のうちは把握しようとしていたが、そのうち考えるのをやめた。

陵辱の日々の中で、大学のことや初めての一人暮らしの部屋のことが遠い昔のことのように思えてきた。

日常の雑務すら煩《わずら》わしく、少しずつ感情も思考も麻痺していく。

「……さま。……友那様」

どこからか声が聞こえた。だけど、友那は動かないままだった。寝ていたわけではない。着物から出た手足が氷のように冷たくなっていることも、知覚している。それでも、身体が抜け殻《がら》になったみたいに反応できなかった。

肩に何かをかけられ、ハッとした。

「友那様。――大丈夫ですか。こんなにもお身体が冷たくなってます」

呪縛が解けて、友那は振り返る。縁側に膝をついていたのは、見覚えのある神城組の組員だった。彼の剃刀《かみそり》のように鋭い目と、情を感じさせない冷ややかな態度が友那は苦手だった。三十そこそこという年齢は、神城組の中では若手に入る。

――確か、田口《たぐち》と言ったか……。

神城組の組員は解散に同意し、西井組の下で働き具合を見ることになったと、寝物語に本俊が語ってくれたことがある。見所があると本俊が認めた組員は、何カ月かしてから盃直しの儀式を行って直参《じきさん》と認めるのだと。

――だから、神城の組員もここに来てるのか……？

驚きとともに、友那は身じろぎした。

友那は肩に視線を戻す。かけられたのは、彼のスーツの上着のようだ。神城の組員だから当然顔は知っているが、田口とはほとんどしゃべったことがない。彼らに友那は無視され、軽視されているとばかり思っていた。思わぬ親切に、友那はとまどうばかりだ。

「風邪をひいてはいけませんから、どうぞ中へ」

田口の身体が近づき、抱き寄せられそうになる。腰に回された腕の感触に嫌悪感を覚えて、友那はびくんと肩を強張らせた。

「いい！　……離せ！」

本俊に抱かれてからというもの、身体が汚れたような感覚がつきまとっている。他人にその汚れを察知されそうな気がして、必要以上に過敏になっていた。

田口は強制することはなく、すぐに友那から離れた。

友那は柱にもたれて、田口のほうに向き直る。

今の自分の反応で、田口に何かを気づかれていないか、気がかりだった。

本俊との淫らな関係は、この本陣に出入りしている西井組の組員には知れ渡っているのかもしれない。それでも、神城の組員には知られたくない。そんなふうにされていると知られたら、両親や兄のことまで汚すような気がする。

探るように、田口に視線を向けた。

「ここにいて、ご不自由はありませんか、友那様」

しかし、田口の声は柔らかくて丁寧だ。思わぬ気遣いの言葉をかけられて、友那の胸がジンと痺れた。

「……うん」

自分は神城組を裏切ったも同然だ。通夜の夜伽の晩に無断でいなくなり、告別式にも姿を現していない。神城組の解散という大事なことにさえ立ち会わなかった。

そんな友那の態度に、神城組の組員たちが裏切られたと考え、腹を立てていても不思議ではない。無責任すぎる態度だ。

しかし、田口の優しい言葉は、友那の中の罪悪感を少しだけ和らげた。

「……神城のみんなは？　変わりない？　西井組とうまくやってる？」

「この本陣に、神城の構成員は日替わりで日参してますよ。ご存じありませんでしたか」

——え？

友那はその言葉に、息を呑んだ。

この家で、私室として与えられた二部屋から出ることはほとんどない。顔を合わせるのは本俊ぐらいだ。

本俊がいないときには組員の誰かが食事を運んでくるし、呼んだら声の届くところに控えているのはわかっているが、友那のほうから彼らに話しかけたり、何かを頼むようなことは一度もなかった。

全て周りは西井組で固められていると思っていたのに、そこに神城組の構成員が混じっていたというのだろうか。

——もしかして、知られてる？　俺と本俊のことが、みんなに？

顔から血の気が引いていく。

田口は友那の動揺を見守った後で、うまく言葉にできない本俊へのわだかまりを見抜いたように、声を潜めてささやいてきた。

「あなたの意志であると伝えられました」

「え」

「神城組を解散するときのことです。……友那様が、組を解散することを望んでおられるのだと。神城組の唯一の血統である友那様を人質に取られたことで、我々は仕方なく、西井に屈することを決めました。ですが、あらためてお聞きしたい。解散というのは、まことに友那様のご意志なのですか」

田口の詰問に、友那は言葉を失った。

解散は本俊が勝手に決めたことだ。しかし、本俊が指摘したことはもっともで、遅かれ早かれ自分は神城組を解散させるしかなかったのではないだろうか。本俊はその面倒な手続きを省略しただけだ。

そう思っていたのだが、違うのだろうか。友那は本俊に騙《だま》され、利用されていただけなのか。

呼吸のたびに、胸が苦しくなる。何かがのどにつかえ、現実がぐにゃりと歪む。

——俺の意志、だって……。

そんな嘘をつく本俊の本心がどこにあるのか、見定められない。不安に足元が揺らぐようだった。

「ずっと、このようにお声をかける気配を探っておりました。いつもは、他に西井のやつらがいて……」

不意に、田口が口をつぐんだ。廊下を誰かが歩いてくる気配がある。一礼して立ち去ろうとした田口に、友那は肩にかけられていた上着を返した。

「……ありがとう」

ぬくもりが、肌に残っている。

微笑もうとしたのに、頬が引きつって、うまく笑うことすらできなかった。

田口が立ち去り、西井組の組員が友那の横を抜けて廊下を歩いていく。友那は彼に視線を向けることなく、ただ庭に視線を向けていた。

——俺はここで何をしているのだろう。

そんな疑問が、頭に浮かんでは消える。

ただの虜囚《りょしゅう》だ。

手首を後ろ手に柱に縛りつけられ、友那は思うように動けない。

田口の話を聞いて居ても立ってもいられず、この屋敷から逃げ出そうとした友那だが、すぐさま発見されて連れ戻された。懸命に注意を払ったつもりでいたのに、防犯用の設備の何かに引っかかったようだ。

本俊からお仕置きとして、客間に全裸で放置されている。

足を九十度ぐらいに開いた形で竹刀《しない》に固定されており、閉じることができない。しかも、身体の奥には、友那にはつらい太さの玩具が食いこまされていた。

「……っん、……っぁ……っん……」

大きすぎる玩具がうごめくたびに、友那は鼻で喘ぐ。玩具はストッパーのようなもので固定されており、いくら力をこめても抜けてくれない。

唇にはきつく猿ぐつわが食いこまされていた。声は出せないが、玩具のうねる音と友那のうめきは部屋の外まで漏れてしまっているのだろう。

『あなたの意志であると伝えられました』

田口の言葉が胸に引っかかっていた。

声の届くぐらい近くに、神城組の誰かが控えているかもしれないという不安があって、自然と声が上げられなくなった。それでも、我慢しきれるものではない。

こんな声を聞きつけて、神城組の組員が惨めな思いをしたり、自分を嘲笑っているかもしれないと思うと、身体が悦くなるほどに心が冷たく凍えていく。

廊下側に薄く開いた、障子の隙間が気になった。これでは、服をまとうことを一切許されなかった身体を、好奇の目から隠すこともできない。廊下を人が行き交う気配がするたびに、拘束された友那は煽られ、被虐的な快感に溺れていく。

強く中に力をこめれば、粘膜をえぐりたてる玩具の動きが止まる。それでも鈍い振動が身体の芯を揺さぶり、じわじわと煽られる。力を入れ続けることができずに弛緩すると、その途端にむごくえぐられるから、懸命に力をこめるしかなかった。

終わりのない快感が、どんどん友那の身体を高ぶらせていく。

ペニスと乳首が硬くしこり、尿道口がねっとりと蜜で濡れる。こんなにも辛くてもイクことができないのは、ペニスの根元をゴムのようなもので縛められているからだ。

「ン……んぁ……っ」

また廊下を誰かが歩いてきて、友那は震えた。

快感に没頭してしまいたいのに、足音が羞恥心《しゅうちしん》を強く意識させる。他人にいつこんな姿を見られるかわからない恐怖で、全身の感覚が研ぎ澄まされる。それを意図して、本俊はいつもの部屋ではなく、客間で友那を放置したのだろうか。

足音が通り過ぎて、友那は身体の力を抜いた。その途端、硬くて大きな異物が自在にうねった。粘膜を襲う刺激のあまりの悦さに、友那はたて続けにのどの奥でうめくしかない。

身体を走り抜ける振動が、たまらない悦楽を身体の芯まで送りこんでくる。

――もう、ダメ……っ！

「ンン……っ」

力を強くこめるタイミングがつかめず、とろりと溶け崩れたような襞で、異物が容赦なく暴れ出している。さっきまで動きを止めさせることができたのは、まだ中が硬かったせいらしい。溶けきった今は、玩具の動きを止めるための力が入らない。

「つぐ、……っふ、……ん、っ……」

掻き回されるたびに、友那は身体を突っ張らせ、どうしようもない悦楽を享受する。ペニスが透明な蜜で濡れ、幹を滴ってあふれていく。あまりにもむごすぎる蹂躙に、友那は必死になってのどの奥で叫んだ。本俊は近くにいないのだろうか。早くこれを止めて欲しくて、縛られた身体で必死に暴れようとする。

「っ……ふ、……ん、……ン……っ」

前に入れられたローターよりも、今日の玩具は圧倒的に大きくて激しかった。うねうねと体内で暴れるたびに、イボ状の突起が粘膜をむごく擦りあげる。こんなもので感じさせられるなんて、屈辱でしかないというのに。

竹刀にくくりつけられた足の内側に、何度も痙攣が走った。体内の敏感な粘膜を刺激される悩ましさに、友那は狂おしく身体を揺する。

意識が遠くなるほどの悦楽に、実際に少し意識を飛ばしていたらしい。

「イクにいけないか？　だけど、ずいぶんと悦いみたいだな」

気づけば、本俊が友那の前に立っていた。

「ん、……ん、ふ……っ」

友那は快感の涙に濡れた目を、本俊に向ける。本俊の存在に、被虐のうずきが高まる。

——見る…な…！

そう思っているのに、本俊の視線を感じるだけでたまらなく肌が灼けつき、玩具をくわえこむ襞がひくひくとうごめいた。こんなにも気持ちいいのに、射精できないのが苦しくてたまらなかった。

——助けて……っ、早く、やめさせて……！

友那は瞳で訴える。

しかし、本俊は冷ややかな目で友那を見つめているだけだ。

「これにこりたら、二度と逃げ出さないと誓うか」

本俊の手が、尖りきっていた友那の乳首を指の間に挟んだ。ぎゅっと揉み込まれて、友那は小さく啼く。感じすぎて、腰まで揺れてしまった。

——もう逃げないから、中のを抜いて……っ！

友那は何度もうなずいて、必死で訴える。本当は、自分を騙していた本俊を責めたい。しかし口はふさがれているし、訴えても聞き入れてくれるとは思えない。

うなずくと、ようやく本俊は友那の下肢に手を伸ばして、射精を縛めるゴムを外してくれた。同時に、中の振動が最大限に強められる。今まで以上にむごく掻き回されて、友那はきつく猿ぐつわを噛みしめてのけぞった。

る。

「すっかり、感じる孔になったな」

ささやきながら、本俊は玩具の出ている部分をつかんで、さらに一段階奥まで押しこんでく
「ん、アァア、……っぐ、ふ、ン……っ」

「――っ！」

今までの刺激はまだまだ生ぬるかったのだと思い知らされた。本俊が本体をつかんでいるために、玩具の先端までもろにくねる。粘膜に容赦なく襲いかかる悦楽が、友那の神経を灼ききっていく。

「ん、……ッふ」

友那は思わずのけぞり、突き出された乳首を本俊が爪を立てるようにしてねじった。なすすべもなく高ぶらされ、友那はがくがくと腰を跳ねあがらせる。深々と異物で貫かれたところから、灼けるようなうずきが全身に広がっていく。

玩具が激しく音を立てているのが耳についた。それすら聞こえなくなるほどの深い愉悦に意識をさらわれ、頭が真っ白になった。

「――っ……！」

絶頂に至る。

だけど、それでも本俊は玩具を抜いてくれない。

そのことに、友那は怯えたような目を向けた。

絶頂後にも送りこまれる刺激は、辛くてたまらない。ひくひくと収縮する粘膜を容赦なくえぐられることで、悲鳴に似た声が漏れる。痙攣が止まらなくなっていた。底なしの快楽に立て続けに突き落とされる恐怖に、友那の瞳は見開かれる。

その視界の中で、本俊が残酷な笑みを浮かべた。

「まだだよ、友那。逃げ出そうとしたらどんな仕打ちを受けるのか、身体にみっちり教えこんでやる」

刺激はなおも止まらず、友那の身体はいやがうえにも高ぶっていく。神経を灼きつくす玩具のうごめきに、友那は切れ切れの息を漏らした。

「ン、ぐ、ぐ、ぐ……っ」

本俊が玩具をにぎって、さらに深くまで突き立ててきた。奥までいっぱいに呑みこませたま、さんざん奥でくねらされ、玩具にしかできないむごい責め方で犯される。

——嫌、……だ……っ！

友那の目から涙があふれた。

悦楽に、神経が灼ききれていく。

地獄の時が、いつまでも続いた。

『友那様』

柔らかく呼びかけられて、友那は振り返る。

夢を見ていた。本俊が友那に優しくて、頼りがいのある存在だった幼い日の遠い記憶だ。

今より若くて、艶やかな和服姿の本俊が立っている。

『ご準備はできましたか』

『できたよ！』

友那は本俊に飛びついて、抱きあげてもらう。本当は小学五年生ともなればベタベタするのはおかしいが、二人きりのときには甘えてもいい決まりが、友那の中にはあった。

トンボ柄の浴衣に、柔らかな兵児《へこ》帯。本俊みたいな渋い柄の和服も着てみたいのに、母親が友那に選ぶのはいつでも女の子みたいな可愛い柄だ。こっちのほうが似合うと母に言われたら、従うしかない。

今日は近くの神社の縁日だった。組のみんなはいろいろと忙しく、友那と兄を出店で遊ばせるのは、母と本俊の役目になっていた。

『本俊。——そろそろ行くよ』

母に続けて出てきた兄に言われて、本俊は友那を床に下ろす。少し前まではずっと抱いてくれたのに、最近では重いのかもしれない。大きな瞳を見開き、不満そうに唇を尖らせて本俊を見上げると、見ていた母が笑った。

『友那は本当に、本俊が好きね』

『だって、今日は縁日だし！』

いつもよりも、本俊とベタベタしていい日のはずだ。本俊が友那を抱いたり、手を引いたりして縁日で遊んでくれる日。そんな考えが、友那の中にはある。最近は本俊が忙しそうだったから、友那は今日をずっと楽しみにしてきた。

『本俊。帯、整えて』

兄が本俊に命じるのを聞いて、友那はうらやましそうに本俊につきまとってその作業を見守った。本俊が兄の帯を整え終わるのを待って、友那も頼んでみる。

『本俊。俺も！』

誇らしげに背中を向けた。

兄も母も笑った。だけど本俊は笑うことはなく、丁寧に友那の帯を整えてくれた。本俊の指先が、背中に触れるのが気持ちよかった。格好いい大人の指。大好きな本俊の手だ。

みんなで家の外に出るとき、友那はすかさず本俊の右側に寄り添った。本俊の右手は友那のもの。この位置をキープしておけば、本俊に手を引いてもらえる。

『では、行きましょうか。友那様』

本俊が予想どおり友那の手を取ってくれる。小さなてのひらをぎゅっとにぎりしめられて、友那はくすぐったいような嬉しさに笑ってしまう。

『うん。行くよ、本俊。今日はね、わたあめ食べるんだ。それと、ぺたんこのお好み焼き。あとね、金魚すくいもする！　メダカを捕る』

金魚すくいの金魚に、メダカの混じった珍しい出店が去年あった。今年こそ金魚だけではなく、メダカを捕りたい。そんなふうに思っていた。

『メダカは素早いから無理ですよ』

さりげなく観察していたが、兄は本俊の左手を取らないようだ。友那ほど幼くないから、もう手を引かれるのは恥ずかしい年齢なのかもしれない。

大きな目でそれを確認した友那は、本俊にすり寄った。今日は本俊を独占できる。

縁日の会場まで、友那は本俊に向かっていろんなことを懸命に話した。

――本俊？　本俊？　どこ……？

友那は涙ぐみながら、本俊の姿を捜して境内《けいだい》を歩き回った。母でも兄でも、この縁日に来ているはずの組員の誰でもいい。見つけ出したいのに、焦れば焦るほど誰も見つからない。

一緒に手をつないでいたはずの本俊とはぐれたのは、本俊を綿飴《わたあめ》の列に並ばせたからだ。友那はその間にやってきた飴細工屋に興味を引かれてついていったあげく、どこにいるのかわからなくなった。綿飴の屋台も見つからない。

あてもなくさまよっていると、じんわりと涙がわき出す。一人なのが心細くてたまらなかった。いつも父親から、絶対に一人になるなと言われている。一人になったら何かとんでもなく怖ろしいことでも起きるのだろうか。

おろしたての下駄《げた》の鼻緒が幼い友那の親指の付け根に食いこみ、これ以上歩くことはできなくなった。友那は人気のない神社の階《きざはし》に腰掛けて、下駄を脱ぐ。ずきずき痛むところをのぞきこむ。

声をかけられたのは、そのときだ。

『どうしたの、お嬢ちゃん。一人?』

一瞬、本俊かと目を輝かせた友那は、がっかりした。

そこにいたのは、柄の悪い三十ぐらいの男だ。本俊とは似ても似つかない。

――お嬢ちゃん?

友那はその優しい顔立ちから女の子と間違えられることも多かったが、男女の区別もつかないのかよ! と心の中で反発した。友那が着ているのは男物の浴衣だし、兵児帯だって青だ。

返事もせずに、友那はツンとそっぽを向く。その態度のせいなのか、男は友那の正面に回りこみ、階の上に投げ出した小さな足をつかんできた。

『やっ!』

見ず知らずの男に触れられた驚きに足を引こうとするのに、離してもらえない。むしろ足首を強くつかまれ、鼻緒で擦りむけたところの周囲を指でなぞられた。

『ケガしちゃった？　かわいそうにな。おじさんが手当てしてやるよ』

――手当て？

その言葉に、友那はいったん身体の力を抜いた。もしかしたらこの人は、親切な人なのかもしれない、と思ったからだ。しかし、男は絆創膏《ばんそうこう》を出したりすることはなく、いきなり足に唇を近づけてきた。

『やだぁっ……！』

男の生暖かい吐息が、足にかかった。男の息が荒くなっているのがわかる。足を舐められるという恐怖に、友那は硬直した。そのとき、凜とした鋭い声が斬りこんできた。

『何をしてる――！』

今度こそ本俊だった。

粋な着流し姿の、滴るような男前の姿だ。しかし本俊の身体から漂う不穏な空気は、友那の知っている本俊とは違っていた。

――あれ……？

友那の中で、何かが食い違う。その違和感を確かめようと、友那は大きく目を見開いて本俊を見た。何か怖いものに出会ったように、鼓動がせり上がった。

『俺の連れに何か用か』

冷ややかな声で、本俊は男に呼びかける。静かな声だが、威圧感があった。友那ですら射すくめられるほどの、暴力的で無慈悲な声だ。

本俊がこんな声を出すのを、聞いたことがない。

だが、本俊の中にある得体の知れないものの片鱗を、このとき初めて見たような気がする。

気圧された男は友那からあわてて身体を離し、捨てゼリフすらろくに残さずに逃げていった。

その背を見送ってから、本俊は友那に近づいてきた。

『おケガはありませんか』

不穏な気配は身体から消してはいたけれども、それでも本俊に足に触れられただけで、友那はびくりと震えた。その反応に、本俊が怪訝《けげん》そうに友那を見る。友那が震え続けていることで、怯えていることに気づいたようだ。表情が少しあらたまった。

『友那様。――私が怖いですか』

目の前にひざまずいたまま尋ねられて、友那は一瞬考えた。今の本俊とは目つきも雰囲気も違っていた、さっきの本俊と見比べる。

――本俊は本俊。

そう考えて、友那はすぐに首を振った。怖くてもいい。本俊はこの世の中で、一番強いからだ。その本俊に守られている限り、自分は無敵でいられる。

抱きあげてもらうために手を伸ばすと、友那の身体に本俊がそっと触れてくる。抱きあげてくれる。本俊の身体に包まれて、ようやく友那は安堵した。

ぶわっと涙があふれ出してくる。泣きじゃくる友那に、本俊が静かに告げた。

『怖いことなどありませんよ。友那様は、私が守りますから』

『……うん。……絶対。……絶対だからね、本俊……っ』

涙はずっと止まらない。

そのおかげで本俊にずっとくっつくことができてよかったけれども、後でさんざん兄に泣きべそ顔をからかわれた。ついでに、綿飴も兄にぶんどられて食べられなかった。

友那は声もなく、のけぞる。

責め苛まれて、意識を失った一瞬に、夢を見た。長く感じられたけれども、実際には短い時間だったのかもしれない。強く玩具を食い締めて、昇り詰めたあとの空白の時間。

「……っぁ」

ようやく玩具が自分から抜き取られるのがわかって、友那は小さく息を漏らした。長時間に及ぶ責めに気力も体力も奪い取られ、身じろぎもままならない。

力を失った身体を、本俊が引き寄せた。身体を支えられたまま、濡れた性器やそのあたりを懐紙《かいし》でぬぐわれて、友那は腿を震わせる。

続けて、寝間着代わりの浴衣を着せかけられた。本俊が友那の手首をつかみ、着せ替え人形のように袖を通していく。

——逃げないから。

抵抗心も何もかも、疲れきった友那からは失われていた。

だから、もうこんなひどいことは味わいたくなかった。

早く人の心など失ってしまいたいのに、本俊を見るたびに胸が押しつぶされそうに痛くなるのは、どうしてなんだろう。抱かれているときに浮かび上がってきた、過去の記憶のせいなのだろうか。

あのときの二人と、どれだけ隔《へだ》たったかを実感させるからか。

「……昔、本俊に縁日に連れていってもらったことがあるの、覚えてる?」

力の入らない、夢見るような声で友那は尋ねてみた。

「ああ」

帯を結ばれて、抱きこまれたまま、友那の身体は布団に横たえられる。セックスをしたときや、それに類するような行為で消耗しきったとき、本俊は友那の世話をしてくれる。そんなときの本俊のしぐさは、昔みたいに丁寧で優しい。だからこそ、友那は瞼を閉じたまま、追憶に浸り続けることができる。

「手を引かれてたのに、本俊とはぐれちゃってさ。……俺はどこかのおじさんに変なことされそうになって、そのときに、本俊が守ってくれた」

友那の脳裏に、あのときの本俊の姿が浮かび上がる。

――懐かしいな。

あのころの友那は、本俊のことを百パーセント信頼していた。無条件な信頼を本俊に抱き続けていたというのに、本俊はいきなり友那の前から姿を消し、現れたときには無慈悲に友那を犯した。

こんなことをされてさえも、今も友那は本俊に対する信頼を、完全には断ち切れずにいる。本俊は変わってしまったのかもしれないのに、変われずにいる自分は甘ちゃんなのだろう。

「あのとき、初めて本俊が怖いと思った。……………本俊の中にある、怖いものに触れた気がした」

友那の頬をなぞろうとしていた本俊の手が、不意に止まった。友那は薄く瞳を開く。記憶の中よりも、さらに精悍《せいかん》になった本俊の姿がそこにはあった。本俊は皮肉気に瞳を細めて、友那を見下ろしていた。

「初めて？　それ以前は、俺を怖いとは思わなかったのか？」

「……思わなかった。どうしてかな。本俊はずっと大丈夫だと信じてた」

そんな本俊が漂わせた、ヤクザの匂い。

ゾッとした。けれどその後も、友那は本俊を避けることはなかった。

縁日の後、友那を抱きあげて本俊が約束してくれたからだ。

『怖いことなどありませんよ。友那様は、私が守りますから』

今思い出してみれば、あれはその場限りのものにすぎなかった。だけど、友那は誤解した。本俊は一生涯、自分のことを守ってくれると信じこんでいた。

「まだ、……覚えてるのか。昔の縁日のことを」

本俊の口調が皮肉気なものになる。

西井組のトップとして君臨する本俊にとってみれば、そんなものはばかばかしい思い出話にすぎないのだろう。上の命令だったから、意にそぐわぬことでも従わなければならなかった。

友那にも、それくらいはわかっている。

だけど、大切な記憶を他ならぬ本俊に軽んじられたことで痛みが広がる。

「忘れたいよ！　おまえのことなんて、もう信じてないというのに！　……前も、裏切られた。突然、……っ、いなくなって……。どれだけ、……心配したか」

押し殺していた感情がこみあげてきて、息が詰まる。本俊が自分を裏切っているのか、そうでないのかが知りたい。昼も夜も、そのことが気にかかる。いつまでも未練が残る。こんなことをされているというのに、本俊の態度の中に優しさを探してしまう。

どれだけ自分は、愚かな甘ちゃんなのだろうか。

過去に抱いていた本俊への信頼を、捨てきることができない。

友那の瞳にうっすらと浮かんだ涙に、本俊は不意に胸を突かれたような顔をした。

「守る、って言っただろ。おまえのことはずっと見守っていた。だから、通夜のときに行った」

――通夜？

友那の鼓動が大きく乱れた。

篠懸会に乱入しようとしたとき、本俊が現れた。所用で遅れたと言っていたけれども、あれは偶然ではないのだろうか。

篠懸会に行こうとさえしなかったら、本俊はずっと友那の前に現れることはなかったのだろうか。

何もかも見定められなくなる。

あまりにも胸が苦しくなって、友那は突っぱねることしかできなかった。

「嘘だっ！　あんなの、偶然に決まってる！　……もともと、本俊は最初から俺を騙すつもりで……」

本俊の行動を考えると、不審なことはいっぱいある。

経験を積んだ狡猾《こうかつ》な暴力団組長の本俊にとって、舌先三寸《したさきさんずん》で友那を操ることぐらい、たやすいことなのだろう。利用されている予感はしている。神城組の縄張りである渋谷を手に入れるためには、その血統である友那を使うのが一番てっとり早い。

事実、本俊は勝手に組を解散させていた。裏切りの証拠はたくさんあるというのに、どうして友那は本俊をこんなに信じようとしてしまうのだろうか。自分はそこまで無責任で、愚かなのか。

瞬きをすると、瞳の端から涙があふれ出した。

本俊は友那の髪を撫で、唇を押しつけてその涙をぬぐった。

「おまえを傷つけていいのは、俺だけだ。世界のどんな力からも、おまえは俺が守る。だから、おまえは俺のそばにいればいい」

――嘘ばっかり。

理性はその言葉の中に、本俊の欺瞞《ぎまん》を見抜いている。

なのに、友那の心は本俊の言葉をそのまま受け入れようとする。自分はただ、本俊の性処理の道具としてそばに置かれているだけだ。犯されるのは、男として我慢ならない。なのに、それに耐えてまで自分は何を求めているのか。

涙をぬぐった唇が、頬や鼻や唇に降ってくる。

キスされると、愛されているような気分になった。

そんな自分のバカさ加減に新たな涙があふれ、本俊がいらだたしげにそれを吸い取った。

「何で泣く?」

次こそ、唇に吸いつかれる。噛みつくような乱暴なキスに舌を噛みちぎられそうな気がして、思わず顔を背けた。だが、本俊の手が、無理やり顎を固定してくる。

唇の中にあらためて本俊の舌が侵入してきた。本俊の舌は友那の唇の中で、思うままにふるまう。自分の持つ支配権を思い知らせるように。口腔内全てをなぶりつくされて、友那の身体は怯えていく。

何かがすれ違っている。本俊のことがわからない。

自分は本俊にとって何なのか、そんな基本的なことすら見失っていた。

そんな友那の態度に、本俊は腹立たしそうに唇を離した。

「笑わなくなったな。……おまえは、俺の命じるままに笑って、泣けばいい。もっと支配してやりたくなる」

本俊に膝裏をつかまれ、大きく裾を割られて足を抱え上げられた。

「……っ!」

また犯されるのかと、友那は嫌悪感に眉を寄せて顔を背ける。もう抱かれるのがつらくなくなった。それでも、抱かれて乱れる自分は嫌いだ。そんな自分を本俊にさらすのが我慢できない。

両足が完全に浮き、不安定になった友那の後孔に、本俊が先端をあてがってくる。

玩具で犯されまくって身体はくたくただったが、襞は本俊のペニスの感触に餓えていた。

似たようなものだが、感触が全然違う。

玩具で中を掻き回されれば掻き回されるほど、友那の身体は違和感を訴えていたのだ。

濡れた入り口をなぶるように、本俊が先端でなぞると、それを欲しがって身体が収まらなくなっていくのがわかった。襞がひくつき、全身が急速に熱くなっていく。そこを引き裂く本俊の性器の感触を思い起こしただけで、ジンジンとペニスの先にまで痺れが走る。

毎日抱かれている身体は、与えられる快楽に異様に弱くなっていた。

「こんなにくちょくちょいってる」

先端を押しつけられ、括約筋をぐっと押し開かれては引かれる感触に友那は興奮していく。その猛々しい肉塊で貫かれることしか考えられなくなっていた。

「っ、あ、……ぁ、あ」

「早く欲しいか」

ささやかれて、友那は返事の代わりに小さくうなずいた。

一気に埋めこまれる。

「ひっ、……っぁ、……っぁあ」

その衝撃に、友那は声を殺して大きくのけぞる。だけど、甘くうずき続ける中を早く満たして欲しくて、自分から腰を浮かすようにしてせがむ。ほんのわずかの間抜かれていただけなのに、中はきつさを取り戻していて、割り開かれる感覚がすごかった。

「つあ！　ん、……ツン、ぅ……っ」

ズン、ズン、と押しこまれるたびに、深い部分まで本俊の先端が届くのがわかる。呼吸をするたびに、太い本俊のもので自分が深々と犯されていることを実感した。あまりの快感に、声が殺せなくなる。

「ん、……つぁ、あ……っ」

自分は人形だ。何も感じなければいい。

本俊に抱かれるたびに心の中でそう繰り返すのに、身体の深部まで届く突き上げによって、友那の反応は否応なしに引き出される。びくびくと腰が跳ねて、本俊のを締めつけてしまう。

不意に本俊が動きを止めた。何かを確かめるようにじっとしてから、低くささやく。

「わかるか。……動かなくても、おまえの中が淫らにうねってるのが」

なぶるようなささやきに、友那は息を詰めた。

そんなのわかるはずがない。しかし、襞に意識を向けると、自分の中が淫らにうごめき、本俊のものを奥のほうから締め上げるように動いているのが感じ取れるような気がした。

「わか……んな……っ」

自分の身体の反応など、認めたくはない。だが、本俊の先端がひどく感じる場所にあたっていて、締めつけるだけで腰が溶けそうな快感がこみあげてくる。そこから外してもらいたいのか、もっと刺激してもらいたいのかすらわからないまま、友那は本俊に膝を固定されて、もどかしげに首を振った。

挿入されただけで、友那の欲望もまた、はち切れそうなほどに勃ちあがっていた。その弱い場所を何度か刺激されただけで、イってしまいそうなほどの切迫感がこみあげてくる。

「動いて欲しいか？」

本俊が友那を見下ろしながら尋ねてくる。いつもは間髪いれずに動き出す本俊なのに、欲しがる友那を焦らすためか、動いてくれない。そのもどかしさに、友那はひくりとのどを震わせてうなずいた。

——早く……っ！

欲しくて、友那の中がさっきの本俊のセリフを体現するようにうごめく。深々と貫いた硬い肉棒をきゅうきゅうと締め上げ、それだけでもじんわりと腰の後ろに伝わるような快感にあえいでまた締めつける。

「どうしてほしい？」

本俊の再度の問いかけに、言葉にして答えなくてはダメだと悟る。このままでは、いつものようにさんざん焦らされるだけだ。

友那は唇をぎゅっと噛んで告げた。

「動、いて……っ」

その途端、大きく突き上げられた。

待ちこがれていた刺激に、友那はぞくんと全身で反応してのけぞる。だけど、本俊が動いたのは一度きりだ。身もだえながら、友那は淫らに溶けた粘膜を苛むペニスを力一杯締めつけた。もはや、その甘い刺激をもっと享受することしか考えられない。

「もっと、動け……っ、たくさん、いっぱい…」

「淫売が」

甘く溶ける頭を現実に引き戻すように低く吐き出されて、心が凍る。しかしそれを上回るかのような強い歓喜が、友那の下肢に次々と送りこまれた。

「あっ！　……っあ、あ、あ……っん、や……っ」

くわえこまれているものの大きさと硬さを思い知らせるように、激しく腰が使われてくる。その乱暴さにたちまち昇り詰めそうになったが、さっきの一言が胸に響いてならない。必死で感じまいと身体に力をこめると、腰の後ろをつかまれて、本俊の上に乗せられるような格好にされる。

力の抜けた両足は突っ張ることもできずに、本俊のものをより深くまで呑みこんだ。

「っあ！」

「自分で腰を使ってみろ」

命じられて、友那は本俊をにらみつける。だが、強情が張れたのはそこまでで、身体の深い部分まで届くペニスの熱に襞を灼かれる。そこからのあらがいがたい欲求に負けて、腰をゆっくり動かし始めた。

「……っん……っ」

抜くたびに、ぞくぞくとした快感にのけぞりそうになる。腰を沈めて本俊のものを受け入れていくたびに、襞を強く広げる本俊の硬いものの感触に、力が抜けそうだった。

弱い部分にずっと本俊のが当たっていて、そこに擦りつけるように淫らに腰を使ってしまう。

「つあ、ん、ん……っ」

しかし、慣れない友那の不器用な動きでは、さっきまでみたいに快感に溺れることができない。もどかしく腰を動かす友那を、本俊は自分からは動かずに見ているだけだ。

友那の動きに合わせて本俊のものが襞をめちゃくちゃに突き、そのたびに思わぬ刺激に狼狽した。それでも少しずつ腰を使うのにも慣れ、上下の動きに没頭していると、本俊の手が胸元に伸びてきた。

尖っていた胸の突起をつぶされると、じんわりとした甘さが中まで広がる。ため息のような声を漏らして身体を少しだけ前に倒すと、本俊は両方の乳首を指でつまんで揉みつぶす。

深くまで入れられたまま、乳首をなぶられるのは気持ちがよくてたまらなかった。友那は熱く痺れる襞をなだめるように身もだえする。

不意に本俊が下から突き上げ始めて、その鋭い快感に友那はあえいだ。

「んっ、ぁあ、ん、んっ」

強い筋力で、一気に根元まで埋まる。

「こうされるのが気持ちいいのか」

「ん、……つい……、ちがっ……っ」

「何が違う?」

突き上げられるたびに、頭の天辺《てっぺん》までズンと響くほどの快感があった。本俊の指は乳首から離れず、つまんで揉みつぶしながら、下から激しく突き上げてくる。

本俊の下腹に友那のペニスが擦られるたびに、そこからもたまらない悦楽があふれ出した。

身体を揺さぶりたてられ、熱くとろけた襞がきゅうきゅうと収縮する。自分の体重を利用して根元まで穿《うが》たれ、一気に引き抜かれる。そしてすぐに突き立てられながら乳首をひねりつぶされて、友那の襞は入ってくる肉塊を深々と呑みこんだ。

本俊の腹に友那の性器の先端からとろとろと透明な蜜があふれ、その粘りのある液体を乳首にまでなすりつけられた。

「つぁ、つあ、……つだめ……ん……っ」

ペニスの先端にも蜜をまぶされて我慢できず、友那は切羽詰まった声を漏らす。

友那の中で一段と本俊のペニスが膨張し、痛いほどの存在感を示した。

「……つん!」

「どうされたい?」

尋ねられて、友那は全身が震えるほどの絶頂感にのけぞる。

「もっと……。ぐちゃぐちゃに、……っ奥までもっと」

その言葉に刺激されたのか、ぐ、とさらに大きくなったものに背筋が痺れて、友那は両腕で本俊の頭を抱きしめた。乳首にそっと口づけられる。ねぶる舌の動きが大きくなって、噛みつかれた。

「つぁ……っ！」

それすらも、快感だった。

荒々しくなった突き上げに、摩擦されすぎた襞は痛みすら覚えた。しかし、それを凌駕《りょうが》する快感に、友那は身をゆだねるしかない。

「……ぁ、……っは、あ、あ、ん、……っいい。……気持ち……い……っ」

本俊にこの絶頂を中断させられたくなくて、友那はがくがくと揺さぶられながらあえいだ。乳首を吸われ、舌先で転がされて歯を立てられて引っ張られる。そのたびに中が締まって、嫌というほど本俊を味わわされる。

「……っ——友那」

乳首を吸いながら、名前を呼ぶ声に愛《いと》しい響きがこもっているようにすら感じてしまう。そのささやきに、友那の身体は達しそうになった。

腰をつかまれて、とどめを刺すように突き上げられる。

「ぁあ……っ！」

友那は声を放ちながら、本俊の頭を強く抱きしめた。

先端から白濁した液体があふれて、痙攣が止まらなくなる。

深々と貫かれたまま、荒い呼吸をむさぼろうとすると、唇をふさがれた。絶頂の余韻と呼吸の苦しさに、友那の意識はさらに朦朧としていく。

なのに、こんなときのキスは、ひどく甘い。

頬をなぞる手の動きが優しいのと同じように。

〔五〕

友那は出されたものを食べ、準備されたものを着る。

今日着ていたのは、正絹の唐獅子《からじし》牡丹《ぼたん》の紺の着物だった。最初のころに出されていたのは浴衣や男物の地味な着物だったが、次第にこんなものが準備されるようになった。

誰が選んでいるのか知らないが、緋色の唐獅子に淡い水色の牡丹が染め抜かれた、女物のように派手な柄だった。それに細帯が合わせておいてある。

和装に慣れた友那にとって、それを着るのは難しいことではなかった。本俊にとっても、脱がせやすくて便利なのかもしれない。抱くことによって正絹の高価な着物が汚れることがあっても、本俊はまったく気にしていないようだ。

庭を行き交う組員たちをぼんやりと見ていると、田口が言っていたように神城組の組員が混じっているのに気づいた。

神城組の組員だけで固まっていることはなく、いつでも西井組の組員と一緒だ。神城組の組員は新参者ゆえにどこか所在なげで、西井組の組員には頭が上がらないようだった。

彼らの姿を見るたびに、おまえたちは西井組で幸せなのか、不自由はないかと彼らを呼び止めて尋ねたくてたまらなかった。しかし、不満を聞いたからと言って、友那には何もできない。本俊に直訴してみたところで、友那の言葉に従うとは思えない。

だから、友那はただ見守ることしかできない。

――それに、知られているかもしれない。

夜ごとに本俊に貫かれて声をあげるこの身が、ひどくいとわしかった。神城組の組員も、本俊の慰み者になっている友那のことを恥じているかもしれない。そう思うと、友那から声をかけることはできない。このまま、どこかに消えてしまいたい。

――まるで、籠《かご》の鳥だ。

友那は与えられている十畳と八畳の続き間の和室から、滅多に出ることはなくなった。長時間抱かれ続けて、だるくて動けないことも多かったし、だんだんと感情が麻痺して、普通に笑うこともなくなった。

十一月も中旬に近づいていく寒い時分に窓を開いて、薄暗い部屋の中から艶やかに浮かび上がる紅葉を飽かずに眺めていることが多くなった。

菰《こも》を巻かれて冬仕度をさせられている庭は少し寂しく、それでも時間が穏やかに流れている感じがよかった。閉塞感に叫び出しそうな心が、その景色を見ているとほんのわずかになぐさめられる。あと少し、ここで本俊を信じて待っていようと、浮き足立ちそうな心を抑えこむことができそうだった。

「――友那様。よろしいですか」

田口がまた接触してきたのは、そんなふうに窓にもたれて、庭を眺めていたときだ。前のときから一週間が経っている。人目をはばかるような気配に、友那は庭側の障子を閉じて、田口に部屋の中に入ってくるように伝えた。

「……どうかした？」

田口の前に座布団を一つ置いた。

そのとき、友那は自分の手首に向けられた田口の視線に気づいた。何気なく同じところに視線を向けると、昨日、縛られた跡が薄く痣《あざ》になって残っている。和服の袖では、手首が剝き出しになっていたのだ。

昨夜もさんざん、体内に異物を入れられて焦らされた。縛られ、放置されたあとの友那の身体はひどく敏感になっていて、本俊はそれを好む。てっとり早く挿入できるのがいいのかもしれない。

「あ。……これは別になんでもな――」

ぎくりとして、友那は手を身体の後ろに回して隠そうとした。しかし、その甲斐なく、田口の声が切りこんでくる。

「いつまで、このような生活をお続けになるつもりですか」

「……っ」

顔が強張った。

この本陣に夜間もいる者たちは、友那が本俊の慰み者にされているのを知っているに違いない。聞くに堪えないようなひどい言葉で噂されているのだろうか。

怖ろしい言葉を浴びせかけられそうな予感に、友那の顔が死人のように血の気を失ったのに気づいたのか、田口は口調を柔らかくあらためた。

「友那様が本俊に騙されているのを、みんな心配してます。破門になったあんな男などに、友那様はどうして……っ」

――心配してる？

今の友那にとっては、神城組の組員の中に誰一人信用できる人間はいなかった。誰もが皆、自分を嘲笑《ちょうしょう》しているような気がしてならない。

――あれ？

田口の言葉が引っかかって、友那は顔を上げた。

――破門って言った？

本俊がいなくなったとき、誰も破門だとは言わなかった。本俊本人が破門だと言っただけで、回状が出ているわけではない。

「どうして田口は、本俊が破門になったと知ってるの？」

これを聞き逃してはならないと、友那は身を乗り出す。田口は破門についての詳細を知っているのだろうか。どうして本俊がいきなり姿を消したのか、今でも友那は知りたくてたまらない。

田口は座布団に座ろうとはしないまま、かしこまって膝をついていた。

「知ってます。……私と、組長と本俊しか知らないことですが」

「教えてくれ」

知らず、友那は声を潜めていた。

何だか、嫌な予感がした。とんでもないことが潜んでいるような、聞かないほうがいいような不安もあったが、それでも聞かずにはいられない。そんな友那に、田口は身体を寄せてきた。

ささやき声で伝えられる。

「本俊は、――姐《あね》さんと関係があったんです。寝取ったんです」

姐さんとは、友那の母のことだ。

「……そんな……っ」

信じられない真相に、友那の顔面からは完全に血の気が引いた。そんなことを考えたことはなかった。

――本俊と母が……！

友那の目から見ても、母は若くて綺麗で粋だった。本俊のほうがずっと若かったが、そう似合わない話ではない。考えてみれば、美男美女のカップルだ。

しかし、極道の世界において組長の妻を寝取るなんてことが許されるはずがない。

万一それが本当だとしたら、本俊も母もただごとでは済まされないだろう。

しかし、そんな大事件が起きた兆《きざ》しはなかったはずだ。本俊は何も言わずにいきなりいなくなり、その後も母は何事もなく組にいた。本俊と密通したのなら、母も何らかの報いを受けているはずではないのか。

すぐには、信じられる内容ではない。

怯えて震える友那の顔面に、田口は鋭い視線を浴びせかけた。

「友那様は、姐さんとよく似ています。顔立ちも、全体的な雰囲気も、年々似てきた。特に、その瞳が」

その言葉に、大きく友那は肩を揺らした。本俊が自分にあんなことを仕掛けてきた理由が、不意にわかったような気がした。

――似てるから?

だから、本俊は友那を抱くのだろうか。母に抱いていた感情を自分にぶつけているのだろうか。

少しずつ、田口の言葉に納得させられていく自分がいた。友那に、田口はささやき続ける。

「あの男に騙されてはいけません。本俊はあなたに固執している。甘言であなたをたらしこみ、組までつぶしてシマを奪った。あの事故でさえ、本俊の指示という可能性がある」

――事故まで？　そんなバカな……っ！

飛躍しすぎて、そこまでは考えられなかった。

――そんなバカなことがあるはずがない。

まずは否定した。友那が事故の原因を調べてもらっている本俊が、あの事故の黒幕とは思えない。

それでも、田口が何故そんなことを言い出したのかわからず、理由を聞かずにはいられない。

「証拠は、……っ、何か証拠でもあるのか。本俊がしたっていう……」

田口は焦った友那の顔を見て、さっきまでの忠義顔を引っこめた。あざけるように口元を歪め、強い視線で友那をねめつけた。

「証拠など必要ですか。本俊がやってきたこと全てが、それを裏付けているではありませんか。本俊は欲しかったものを次々と手に入れた。神城組も、あなたも。――みんなそんなことぐらいわかってます。わかろうとしてないのはあなただけだ。友那様、いい加減、目を覚ましてください」

肩を強い力でつかまれて揺さぶられ、田口の言葉に鼓動が乱れた。

どう考えていいのかわからず、友那は混乱に突き落とされる。

言われて初めて、思い当たることがあった。

父の留守のときには母は華やいで楽しそうで、やたらと機嫌がよかった。あれは、本俊がいたからではないだろうか。友那という邪魔者はいても、愛しい男と三人で食事ができる喜びからだったとしたら。

――だけどそんな。

葛藤《かっとう》が、友那を追い詰めていく。

芸者だった母は、奪われるように父の妻にされたと聞いていた。極道の妻になどなるつもりはなかったと、友那相手に何度か冗談のように言ったことがあった。あれは本俊とのことが根底にあったからではないだろうか。他に好きな男ができても、心に正直になることが許されない立場であることに、母は苦しんでいたのかもしれない。

母がどうして本俊に心を動かされたのか、理解できる気がした。

本俊は不思議と人の心を騒がせるところがあった。端整な容姿は女性好みだろうし、神城組にいたときの本俊は、臣下のように母に仕えていた。あんないい男にかしずかれて、母の心が揺れても無理はないはずだ。

考えれば考えるほど、一つ一つの符号が合っていく気がする。

「……俺だけが知らなかったのかな」

友那は呆然とつぶやいた。

ずっと、どうして自分が執着されるのか、わからないでいた。本俊は友那の姿に母の面影を重ねていたのだろうか。

――本当に、それだけ？

田口はそんな友那の肩をつかんだまま、たたみかけた。

「――復讐をしましょう。拳銃《ハジキ》でもドスでも調達します。あの男に復讐しましょう。友那様が何をされているのかは知っています。あんな屈辱的なことをされるぐらいなら、死んだほうがマシだ。あの憎い男の寝首をかいてやりなさい」

――屈辱？

あれは屈辱なのだろうか。友那が夜な夜な受けているのは。

ぞっと背筋が冷たく凍えた。

自分でそう思うのはいい。

しかし、田口にまでそう言われるのは、我慢できなかった。

自分の中の自尊心を根こそぎ踏みにじられたような気分になる。そんな単純なものではないはずだ。そこまで考えて、友那は自分を笑う。

――バカな。何を考えている。

屈辱以外の何かであるはずがない。

なのに、どうしてまだ友那の心は、復讐に傾かないのだろうか。

胸が痛い。本俊のことを考えるだけで心臓のあたりが引き裂かれるように痛くなり、呼吸すら苦しくなる。

本俊への復讐など、今はまだ考えられない。だけど、それでいいのだろうか。殺されたかもしれない両親や兄は、それで許してくれるのだろうか。あまりの苦しさに、友那は何をどう考えていいのかわからなくなる。

ただ呆然として、田口の顔を見つめ返すことしかできない。

不意に眩《まぶ》しさを覚えて、友那はハッとした。

「どうした」

部屋の明かりもつけずに、部屋の隅でぼんやりとしていたらしい。本俊が明かりをつけて入ってくるところだった。

「何でもない」

返答がだいぶ遅れた。

最近、本俊は本陣のどこかにある自室に寄ることなく、直接友那のいる部屋にやって来ているらしい。

本俊がやってくるのと同時に組員が一礼して入ってきて、本俊のコートを受け取り、部屋の隅にあるハンガーにかける。本俊はスーツの上着も脱いで組員に渡してから、座卓の前のいつもの席に座った。

友那もぼんやりともたれていた窓から離れ、本俊の向かいの準備されている席に座る。客分である友那の身分は今でも変わらないらしく、本俊の面倒も友那の面倒も、全て組員が見てくれた。座っているだけで、すぐに組員が茶を運んできて丁寧に差し出した。

部屋の隅に、本俊の着替え用の着物が乱れ箱に入れられて運ばれて、準備される。

そして、知らぬ間に隣室の布団も敷かれているのだ。

――俺は、……本俊の愛人じゃない。

ぼんやりとそんなふうに考えたとき、話しかけられた。

「食事はどうする?」

本俊に言われても、友那はすぐには返事ができなかった。今が何時だかわからない。空腹はまったく感じられなかったが、ようすが変だと知られて、その理由を本俊に追及されるのも煩わしかった。

友那の沈黙をどう理解したのか、本俊が短く組員に命じた。

「いい。……しばらく、席を外せ」

二人きりで残される。

本俊は西井組の組員をうまくまとめているようだ。ここで見かける西井組の組員は、友那が知っている神城組の組員よりも所作が丁寧で、感情をセーブすることに長けていた。本俊に心酔しているのがどことなく伝わってくる。

「……いつまで、俺はここにいればいいんだ？」

聞くたびにはぐらかされていた質問を、友那はあらためて口にした。

だけどそれは、今までの問いかけとは種類が違っていた。友那の胸の中には、硬い氷のような塊が詰めこまれていたからだ。

――俺は母さんの代わりでしかない。

田口に言われてから、そのことがずっと頭の中を回っていた。

本俊が友那を抱くのは、友那が欲しかったからではない。

――そんなこと、ガッカリすることじゃない。

むしろ喜ばしいと言っていいぐらいだ。本俊は真に友那に執着しているわけではないと、わかったのだ。

友那を抱くのは、本俊の骨折りに対する単なる報酬であり、友那を人質としてここにとどめておくためだ。

そのワリには本俊は執拗で、どうにもならないいらだちを友那に叩きつけているように思えることもあった。そこに友那は何らかの執着を感じ取っていたのだったが、それは母の面影を読み取っているからにすぎない。

――昔から俺、いろんな人に母さんに似てるって言われてきた。

友那が考えていたどんな理由よりも、田口に突きつけられた答えは残酷に胸をえぐった。それでも、納得できた。何かがストンと、胃の腑に落ちたようだった。

「どうした？」

本俊は、友那の態度がいつもとは違うと気づいたらしい。

心まで見抜くような鋭い目を向けてきた。

「もうここにはいたくない」

友那はハッキリと告げた。

本俊の姿を見るたびに、めまいがする。もっと見ていたいのにこめかみから痛みが貫き、友那はぎゅっと目を閉じた。絶望に泣きそうだ。どうして自分がこんなふうになるのかわからない。

だけど、本当はその理由がわかってもいた。そんな自分の心を見定めたくない。わからないままでいい。

だが、本俊は強い口調で返した。

「おまえの意志は関係ない。俺がいいというまで、いてもらう」

あくまで理不尽な身勝手さが、友那の怒りに火をつける。

「どうして？　こんなところにいても、何の意味もないだろ！　すぐに飽きるくせに！　もううんざりだ！」

友那の言葉は、面倒そうな本俊の言葉に断ち切られた。

「おまえがどう思おうと、それは関係ない。俺がいろと言ったら、おまえはここにいるんだ」

本俊はずっとこうだ。

友那が血の通った人間だとは思っていないのだろうか。

――人形になれとは、こういうことか。

本俊が友那に望んだのは、ただ精を注がれる人形になることだった。その肉体さえあればいい。心までは望まれていない。母の忘れ形見として、ただ本俊に抱かれる役目を与えられている。

胸のあたりから、絶望とともに冷たさが広がっていった。心臓から全身の感覚が麻痺していく。これが、人形になるということなのかもしれない。

――胸がつぶれてしまいそうだ。

呼吸するたびに吐く息が、冷たく感じられた。

友那はすがるように本俊を見つめ、質問を重ねてみる。

「事故のこと、本当に調べてくれてる?」

本俊をひたすら信じようとしてきた。だけど、いまだに情報は何一つもたらされない。本俊へ抱いていた無条件の信頼が揺らぐ。本俊にとっての自分の価値が軽いものに感じられれば感じられるほど、約束を果たしてもらえるとは思えなくなっていく。

「何をそうカリカリしてる」

本俊は友那を見つめた。

その眼差しは友那ではなく、自分の中にある母の面影を重ねているように思えた。友那がずっと着物を着せられていることも、家ではほとんど和服だった母と重ねているように思えて悲しくなる。

心まで凍りついてしまわないように、友那は懸命に本俊に語りかける。すがろうとした。自分が壊れてしまわないように。

「だって……っ、今日だってすごく長かった。一人で何もない部屋でぼんやりしてるのに耐えられなくて、本俊が戻ってくるのを待ってた。……寂しかった」

初めて、素直に思いを語ってみる。本当はもっとべたべたと本俊に甘えたい。抱かれたことで崩壊してしまった二人の関係をやり直したい。

涙がこみあげてきて、友那は目を閉じてそれが流れ出さないように、顎を少しあげて瞬きをする。

こんなことを言うつもりではなかった。相手は友那を裏切っているかもしれない男だ。ずっと本俊に抱いていた、陵辱された憎しみや恨みを叩きつけてやりたいのに、どうして関係の修復を望んでいるのだろうか。

——だけど、寂しいんだ。

口に出して初めて、自分の心の内を知る。

本俊の顔を見ているだけで、懐かしいようないとおしいような気分で胸が締めつけられるように苦しくなって、驚くほど簡単に涙がにじむ。泣きたくなかった友那は、懸命に目に力を入れてこらえようとする。

本俊が少し柔らかな声を出した。

「今度、どこかに行くか？　車で連れていってやる。どこがいい」

その言葉に、友那はきつく唇を嚙んだ。優しく言われただけで、泣き出しそうになる自分が悔しい。

これ以上本俊のそばにいると、自分がとめどなく弱くなる気がした。本俊への自分の気持ちがこれ以上強くなる前に止めなければならないと、友那は声を押し出す。

「……帰りたい。本俊のそばにはいたくない」

鼻の奥がツンとした。

瞬きをすると、抑えきれなくなった涙が頰を伝った。

「もう嫌なんだ。本俊のそばにいるのは。……っ、俺は人形じゃない。あんなことされて、……我慢……できない……っ」

だけど肉の交わりの中で、本俊に必要とされているような気がしていた。執拗に抱かれ、身体に染みこむほど精を注がれて、本俊に愛されているような錯覚に囚われるようになった。

——愛されて……？

ふと浮かんだその言葉が、水に一滴落ちた墨《すみ》のように友那の心に広がっていく。初めて自覚した感情はとらえどころがなく、友那の身体を震わせるばかりだ。

——そうか。俺、本俊のことが……好き……なんだ。

ようやく納得できた。どうして自分が本俊のそばにいたいと思ったのか、本俊にすがろうとしたのか、その理由がわかった。何をされても本俊のことが憎めないぐらい、友那は昔から本俊に魅せられていた。

だけど、同時に絶望を覚える。

田口の言葉が頭をかすめた。

『わかろうとしてないのはあなただけだ。友那様、いい加減、目を覚ましてください』

友那は母の代理でしかない。

その上、愚かな恋心で判断力を曇《くも》らせ、神城組を終わらせた。

「俺は」

声が途切れた。復讐がしたいのなら、神城組の組員と相談すればよかったはずだ。なのに、本俊にすがった。あれが全ての間違いの元だ。いや、通夜の夜に一人で外出したことから、あやまちは始まっていたのかもしれない。

「どうしておまえなんかを……信じて……いたのかな」

自分の恋心を自覚すると同時に、本俊がそれを利用して全てを操っていたんだと理解して絶望する。

言葉を絞り出すのと同時に、やるせない怒りと後悔が友那の心を揺さぶった。いくら本俊が調べてくれるという真相の報告を待っていても、無駄だった。本俊は最初から、友那の頼んだことを調べてなんていない。神城組を解散して、縄張りを手にするために利用したに過ぎない。

そのことがようやくわかった。

胸がいっぱいになって、友那は言葉がつづれなくなった。てのひらで顔を覆い、うつむいて、声を殺して泣くことしかできない。

「逃がすものか」

本俊の声が聞こえた。

「言ったはずだ。おまえは俺のものだと」

友那の身体は、強引に抱きすくめられた。その腕から逃れようと力をこめたが、隣室まで引きずられるように運ばれる。

布団の上に押し倒されて、強い力で本俊の身体の下に組み敷かれた。

その重みに、友那は渾身の力であらがおうとする。

「離せ……っ！」

抱かれるたびに繰り返されてきた行為だった。

友那はそれから逃れようと顔を振り、歯を食いしばる。最近は形だけのものになりつつあるほど本俊に逆らえずにきたが、それでも今はこんなことをされたくはない。

だが、本俊に唇を奪われ、舌が押しこまれてくる。愛しい男の唇を、本当は拒めるはずがない。噛みつかれないように顎を強くつかまれたまま、舌をからめられ、唾液を強く吸われるたびに痺れるようなうずきを感じた。

全身から次第に力が抜けていく。

本俊の重みを全身に感じながら、友那は熱い涙をこぼした。

「本俊と……っ、再会しなければよかった」

会わなければ、こんなにも絶望的な胸の痛みなど感じずにすんだはずだ。

こんなふうに強引に抱かれ、騙されて、その相手への思いを断ち切れないなんて救われない。

利用されているだけだというのに。

裾を割られ、足を開かされる。腿の内側に本俊の肉体の感触を感じるだけで、ぞくっと身体が痺れるほど抱かれてきた。全身ですがりつきたくなる。友那の心など、必要としていない相手なのに。

「……っぁ、あぁあっ！」

性急に指が押しこまれ、中でうごめかされた。拒みたいのか、それとも受け入れたいのか、友那は判断がつかないまま、乱暴される。

「力を抜け」

「……っや、……っぁ、そこ」

「もうごめいてるぞ。嫌なら、今日は慣らさず、そのまま突っこんでやろうか。ケガをするかもしれないが、そうしたら、ここから動けなくなる。逃げたいなんて言わせない。おまえは、俺のものだから」

強引で傲慢《ごうまん》なだけの本俊の言葉だというのに、その中に友那への思いを探してしまうなんて愚かでしかない。自分はどこまで本俊に溺れているのだろうか。

指を抜き取られ、言葉の通り硬くそそりたった欲望を押しつけられた。

潤滑剤《じゅんかつ》だけほどこされた本俊のペニスが、友那を引き裂こうとする。母とは違う構造の身体だというのに。

「ひっ！　……っぁ、あ、あ……っ」

太く硬いものに貫かれる痛みに、友那は身体をのけぞらせた。必死で力を抜こうとする。本俊の呼吸はひどく荒々しく、友那の拒絶に我を失っているようだった。

小さなつぼまりを、本俊の大きなものが圧倒的な力でゆっくりと押し開いていく。つながっている部分に全ての意識が集中し、呼吸が浅くなるほどの圧迫感があった。

「やっ、あ、あ、ぁあ……っ」

「もっと緩めろ。狭すぎる」

「無理。できな……っ」

今でも懸命にしているのだ。だが、本俊が入りこもうとする動きは、友那の努力を無にするほど激しい。

友那があまりにもきつかったからか、本俊が動きを止めた。獣のような本俊の息づかいに、友那の体奥が痺れる。愛しいような切ないような気分になって、友那は本俊の背中に両手を回してすがりついた。ねだるように膝を回す。

——このまま、壊されてもいい。

ふと、そんなふうに思う。

それくらい、本俊のことが好きだ。いつからなのかわからない。もしかしたら、出会ったときから、本俊に心を奪われていたのかもしれない。

この孤独な魂に寄り添えるのは自分しかいないような錯覚に囚われるのは、どうしてなのだろう。

友那が受け止めようとしていることを感じ取ったのか、本俊がさらに重みをかけていく。ずっと一気に、根元まで剛直が押し沈められた。

「ぁ、ああ……っ」

身体の中でメリ、っと音がしたような気がした。

目の前が真っ赤になる。だが、続けて痛みが襲ってこないのを確認して、友那はそろそろと息を吐いた。

詰めていた呼吸を吐くと、身体の中に隙間なくぎっちりと詰めこまれているのがわかる。

「もと……みね……っ」

入れられているだけで、辛くてたまらなかった。このたまらない違和感が快感に変わるまで、しばらく我慢しなければならない。狂おしいような痛みと苦しさの中で、友那は切れ切れに尋ねてみる。

「俺のこと、好き?」

こんなふうにつながっているときでなければ発することができない、初めての心をさらけ出しての問いかけだった。否定されそうな予感はしていた。それでも、どんな答えをしてくれるのかを期待して、友那は浅い呼吸を繰り返す。今だけは、ほんのわずかだけ期待ができた。

それが愚かなことだと、答えを聞くまでわからずにいた。

「聞いてどうする」

本俊の声は、友那を貫いている欲望の熱さとは裏腹に、冷ややかだった。

「心など必要ないって言った通りだ。おまえは、ただの人形でいればいい」

ぐっとのどが鳴る。背筋が氷に変わったように全身に寒気が走り、心がつぶれそうになった。やはり自分は母の代理でしかない。そのことが、身に染みてわかる。爆発的な悲しさとやりきれなさに襲われ、何でもいいから叫ばなければいられなくなる。

本俊と母の関係について続いて問いただしたかったが、それを口にした瞬間、何かが終わるような気がした。

本俊の反応が怖くてならないからだ。友那は母の代理にすぎないと本俊に認められたら、全ての希望が失われる。

本俊に全てをさらけ出してはいけない。先ほどの本俊の言葉が、友那を警戒させた。これ以上本俊に心を奪われる前に、この危険すぎる男から逃げなくてはいけない。その焦りが、友那を駆り立てる。

子供じみた反発を剝きだしにして、わめくことしかできなかった。

「——嫌い。…おまえなんて、……嫌いだ。…っもう、……俺を帰せ……っぁ、ああっ！」

だが、その言葉をふさごうとするように、動かれた。

「っひ！　あっ、あ、あ……っぅああ……っ！」

突き上げられるたびに、友那は涙をにじませて首を左右に振った。切れてはいないようだが、中はひどくきつくて痛い。だが、痛いほうがいい。泣いてる理由がごまかせる。

悔しさに苛まれながらも、慣らされた身体は否応なしに高ぶらされていく。

「つあ、……あ……っ！」

感じまいと背筋をのけぞらせるたびに、中の角度が変化して甘い衝撃がこみあげてきた。ひくひくとうごめく襞は硬いペニスに擦りあげられるたびに熱く溶け、馴染みの快感がこみあげてくる。痛みなど、もはやどこにもなかった。

「乳首を出してみろ」

腰の動きを止めずに、本俊は残酷に命じた。

友那は身体の熱に浮かされたまま、自分で着物の襟を乱す。触れられる前から、中の刺激に応じてぷつんと尖っている乳首が、本俊の前にさらけ出された。

「どうしてほしい、これを」

抱かれるたびに執拗にいじられて、友那のそこは身体の中で最も敏感な場所になっている。

「いじって」

しゃくりあげながら、友那はねだった。

心などいらないというのなら、本俊に渡すことはしない。身体だけだ。望む通りに、性人形としての役割に徹してやる。

そんなやけっぱちの気持ちがあった。プライドを捨てて、ただ快楽に溺れたほうが楽なはずだ。

硬く尖りかけた粒を本俊の長い指先でつまみあげられ、左右に転がされると、全身がビクビク震えてしまうほどの甘い刺激が走った。どうしようもなく気持ちがいい。乳首がみるみるうちに、さらに硬くしこっていく。

「つん……っぁ」

乳首の快感に応じて、思わずぎゅっと締めつけた粘膜に逆らうように下肢を突き上げられる衝撃に小さく声をあげると、指の動きはさらに濃厚で淫らになった。

軽く摘まれたかと思うと、硬い爪の先で弾かれる。ねじるようにもてあそばれたのちに、弾力のある肉の粒を指先で強めにぎゅっとつぶされる。

その刺激が、左右の乳首にバラバラに与えられた。しかも、その間も、たくましい本俊のものは友那の中を休むことなく暴れ回っているのだ。

「つああっ、ん、ん、んっ」

乳首を嚙まれて、友那はとうとうじっとしていられなくなってきた。乳首を刺激されるのに合わせて、下から迎え入れるように腰が動いてしまう。感じるところを狙いすましてえぐりあげるペニスの動きに、息を呑むほどの快感がこみあげてくる。

そんな友那を辱めるように、本俊が言う。

「こんなにおまえの身体は淫らなのに、逃げたいっていうのか。他の男のペニスでも、くわえこみたくなったのか」

本俊の突き刺さる視線が、友那の心を暴こうとしてくる。

——本俊は、……何もわかってないの？

その眼差しや言葉に、友那は違和感を覚える。友那の恋心を見抜いたわけではなかったのだろうか。

だが、その間も絶え間なく凶暴なほどの剛直にえぐられ、熱く溶けた粘膜がからみつく。掻き回されるたびに、理性がどこかに吹き飛びそうになる。

がくがくと震えながら、友那は悔しさに声を吐き出した。

「これは、違う……から」

「何が違う？」

「こんなの、……っ生理的な、だけ…っ」

本俊が自分の恋心を見抜いていないのなら、隠しておこうとする思いが働く。好きだなんて知られたら、より惨めだ。

「そうか」

その言葉に刺激されたのか、本俊の目に残酷な光が浮かんだ。

友那の中に憤りを叩きつけるように、本俊の動きがさらに激しくなった。友那は唇を噛み、身体を強張らせて懸命に耐えようとする。粘膜を容赦なく刺激するペニスの凶暴な動きに身体がついていけず、頭の中がかすみそうになる。

──悔しいの？　本俊？

本俊が悔しがってくれれば、友那の心は少しだけ楽になると思ったのに、そうではない。

くわえこんだ肉棒の激しい動きに、とうとう悲鳴のような声が漏れた。今まで、本俊はかなり加減してくれていたのだと知る。女に突き立てるのと同じようなスピードでたて続けに刺激されると、涙があふれてたまらなくなるほど辛くなった。

「やっ、や、あ、やっ……っぁあ……っ！」

それでも痛みに耐えるうちにだんだんと麻痺して、イキそうなほどよくなってくる。腿がひくひくと痙攣して、本俊の腰を強く挟みこんだ。度を過ぎた快楽に、友那の意識は灼ききれてしまいそうなほど余裕がなくなる。

薄く涙の膜が張った視界の中で、友那は本俊の表情を捉えようとする。

ここまでされているのに、本俊に真実求められているのだと思えないのが悲しかった。

「っひ！……っぁ……っ」

足を持ち上げられ、友那の身体はさらに残酷に折り曲げられた。腰が浮いて本俊を受け入れていたところが真上を向く。その角度で、体重を乗せてえぐられる。接合部が激しく摩擦される。

「っぁ！ぁ、……ぁあ、あ、……っやっ、ぁ、あ、あ……っ」

受け止めきれないほどの痛みと快感に、乱れきった声を上げることしかできない。

本俊を挑発したことを意識し、許しを乞うように見上げることしかできなかった。涙が止まらなくなる。だけど、友那の泣き顔を見ても本俊は何も言わない。ただ、友那を突き上げる動きが増しただけだ。

「っ！」

激しく突かれ、友那はもはや声をあげることすらできなくなった。ズン、ズンと衝撃さえ感じるような深い突き上げの連続に、友那の頭はショートし、途中から何が何だかわからなくなった。

熱い液体がほとばしったのを、身体の奥が感じ取った瞬間だけ、ふと引き戻される。

切なそうな、やりきれないような本俊の表情が脳裏に灼きつく。

それを見たのを最後に、友那の意識は完全にブラックアウトした。

ふと真夜中に目が覚めた。

ぼんやりと目を開くと、友那は布団に横たえられていた。すぐそばに本俊の寝顔がある。まさか本俊が同じ布団で寝ているとは思わず、友那は息を詰めた。

——どうして？

いつでも友那は用が済むと一人で寝かされ、本俊は自分の部屋に戻っていた。こんなふうに添い寝されたことなどないはずだ。

——なのに、今日はどうして？

その理由が知りたくて、友那は記憶を探る。

だけど、途中からまともに記憶がなかった。昨夜は激しく抱かれ、下肢に痛みが残っている。

あまりの激しさに、友那が途中で意識を失ってしまったからだろうか。大事を取って、ここで寝ることにしたのか。

理由はわからなかったが、ともかく本俊が同じ布団にいることだけは確かだ。

いつにないこのチャンスを失いたくなくて、友那は本俊を起こさないように気配を殺す。

明かりのない部屋は薄暗かったが、闇に慣れた目には障子越しの明かりでも十分だった。

友那はほとんど身じろぎせず、息を詰めて本俊の顔をのぞきこむ。

張りつめた印象のある本俊の顔は、寝ていてもさほど変わらなかった。伏せられている睫《まつげ》が、驚くほどに長い。

髪が乱れかかっている耳朶や、首筋から顎の男らしいシャープなライン。友那は目だけ動かして、本俊のパーツの一つ一つを眺めていく。

少しだけ開いている形のいい唇や、寝ていてもどこか格好いい鼻梁。

触ってみたくなったが、じっとこらえる。そんなことをしたら、本俊は跳ね起きてしまうに違いない。

――寝首をかけって、田口は言ってたけど。

眠っていても本俊の孕む空気は不穏で、うかつなことはできそうになかった。おそらく友那の身体が殺気を帯びたら、瞬時に本俊は目を覚ますだろう。

本俊の顔を見ていると、ただ胸がいっぱいになっていく。

これ以上、本俊を憎みたくも、愛したくもなかった。初めて知った恋という感情は強すぎて、やたらと友那を翻弄している。

愛しさと憎しみが心の中で激しく入れ替わり、愛されたいのに愛されないやりきれなさだけが募る。

苦しいばかりの思いを抱えているだけで、辛すぎた。

――だからこそ、恋愛はたまに刃傷沙汰が起こるのかな。

友那は本俊に身体を寄り添わせながら、夢想してみた。

いとおしくて憎い本俊を田口の言うがままに殺したら、自分だけのものになるのだろうか。

家族を失ったとき、友那はその犯人を殺したいと思うぐらい憎んだ。だけど、本俊と顔を合わせて話をしただけで正気に戻り、自分に人は殺せないとわかった。

しかし、殺人者とそうでないものを分ける垣根は、もしかしたら意外なほど低いのかもしれない。あのときの何かに憑かれたような感覚を、友那は覚えている。親や兄の復讐心よりも、友那は恋に突き動かされて、愛しい男を殺す。殺さなければ自分のものにならない男を、そうやって手に入れる。

実行には移せそうもない、ただの夢想は甘かった。

――だけど、無理。

友那は苦笑する。

そこまでの激しさは、自分にはない。本俊を殺して、自分だけのものにするなんてできそうもない。それに、本俊もそう簡単に自分には殺されてくれないだろう。

じきに目覚めるかもしれないと思っていたのに、本俊の眠りは深いようだ。

身じろぎ一つしないほど眠りに落ちている男の顔をしばらく眺め、友那は本俊を起こさないようにそっと身体を起こした。布団から出る。

夜の庭が見てみたかった。

——夜なら。

逃げられるのかもしれない、この家から。

誰も起きていないような深夜なら。

だが、身じろいだだけで、友那の身体に痛みがよみがえる。

「……っ!」

足の奥からずきずきと痛みがこみあげてくる。

——さっきのだ。

気絶してしまうほどの激しいセックスだった。さんざん抱かれることに慣れてきたつもりだったが、それでも友那の身体には負担が大きすぎた。

だけどその痛みが、本俊による愛の証《あかし》のように感じられるなんて、自分はたぶんどこかがおかしい。

友那は足音を殺して、隣室へ向かった。

音がしないように襖を開き、身体の幅だけ空けた隙間からそっと十畳の和室に入りこむ。

電気はつけなかったが、それでも部屋のようすはよく見えた。

手をつけなかった食事は、綺麗に片づけられているようだ。

座卓の中央に、リンゴを盛った籠と果物ナイフだけが置かれていた。そのナイフに、友那の目は引きつけられる。刃物など友那の目の届くところに置かれたことはなかった。今日は夕食を食べはぐれたから、夜中に空腹を覚えるかもしれないと、誰かが用意したものなのだろうか。それとも、この本陣内では果物ナイフなど刃物に入らないのかもしれない。

吸いこまれるように、友那は座卓の前に座った。緩慢な動きで、果物ナイフの鞘《さや》を抜く。ナイフの刃が闇の中であやしく光を放った。大して威力はなさそうなのに、果物ナイフの刃は鋭く見えた。指先でなぞっただけで血が出そうな切れ味を感じさせた。

それで自分の肌を切ってみたくなった。ここ最近は、時の流れが把握できない。自分が生きているのか、息をしているのか、血が流れているのかもわからなくなってくる。どうしようもない閉塞感を覚えていた。

そっとナイフを手にとり、友那は人差し指の先でなぞってみる。皮膚が薄く切れ、血がにじみ出した。しばらくは痛みを感じなかったが、じきにずきんずきんと痛みが弾けてホッとできた。

「友那」

そのとき、開けっ放しの隣室から声が聞こえた。振り返るのと同時に、襖が開かれて本俊が姿を現した。

「何をしている」

友那の肩はビクンと震えた。完全に本俊のほうに向き直って、後ろ手に果物ナイフを隠そうとする。しかし、それはすでに本俊に見つけられていたようだ。大股で近づいてくる。

とがめられそうな気配に、友那は反射的に立ち上がった。さらにもう一歩横に踏み出して逃げようとしたとき、ズキッと後孔のあたりから痛みが突き抜けた。足が一瞬硬直し、そのために膝が崩れた。前のめりになって転ぶ最中に、友那はチラつく光に気づく。手に固くナイフをにぎったままだったのだ。

――刺さる！

転ぶまでの一瞬に、友那の知覚はナイフの刃が自分のほうに向けられていたのを感じ取った。しかし、身体はそれを回避できるほど、思うがままに動くわけではない。

「――っ……！」

痛みを覚悟して息を詰めた友那だが、ぐいと腰を引っ張られて支えられた。素早い動きで駆けつけた本俊が、友那を抱きとめたようだ。驚きに目を見開いて身体を起こそうとしたとき、友那の目は本俊の手から血が滴っているのを捉えた。

友那がにぎっていたナイフの刃を、本俊が素手で受け止めたのだ。

ぞくっと、言葉にならない痺れが走り抜ける。

「血が……っ」

友那の視線に気づくと、本俊はこともなげに手を開いた。てのひらに血にまみれた果物ナイフがにぎられている。

「かすり傷だ」

手から血がぼたぼたと滴り落ちているのに、本俊は痛みすら感じていないような態度に見えた。

「——死ぬつもりなら、こんなのでは無理だ」

本俊はナイフを座卓の上に放り投げた。血のついたナイフは鈍い輝きを放ち、さっきよりもずっと禍々《まがまが》しく見えた。

「……そんなつもりじゃない」

本俊の手から流れる血の色が怖かった。そこからの痛みがみずからの身でも感じる気がして、震えが止まらなくなった。

「そうか」

本俊は安心したように、そっと笑った。その笑みが、友那の胸に痛みを走らせる。どうして本俊は、ケガをしてまで自分を助けてくれたのだろうか。

そして、どうしてそんなふうに安堵した表情を見せるのか。

——俺が、……ケガしなくてよかったっていう顔。

友那の身と心をボロボロに傷つけているのは他ならぬ本俊だというのに、こんな顔を見せるのは矛盾している。

ふと見せた本俊の表情のほうにこそ本心が隠されているような気がして、心が引きずられそうになる。

「手当てしてこいよ、ちゃんと」

「後でな」

本俊は部屋の棚の中にある小箱から手ぬぐいを取り出して軽く手首に巻きつけ、そのついでに絆創膏も取り出した。友那の指の傷に気づいていたのか、器用に片手で巻きつけてくれる。

友那の指先の傷よりも、本俊の血のほうがすごい。手ぬぐいを染め、畳までぽたぽたとこぼれている血を友那は見ていられなくなった。

「早く、手当てしてこいって！」

本俊の肩を両手でつかみ、額をあてて廊下に押し出した。これ以上本俊と顔を合わせていると、泣いてしまいそうだ。ようやく本俊は苦笑して、部屋の外に出て行く。

本俊の向かった方向から声がして、組員たちが交わす声が聞こえてくる。あわただしくなった気配に、友那はホッとした。これで本俊はちゃんと手当てされるだろう。

糸が切れたように、友那は畳に座った。

気づけば、畳の上に本俊の血の跡が残っている。

友那の着ていた浴衣にも手にも、本俊の血がついていた。

血の色を眺めながら、友那は夕陽を思い出した。本俊に連れられて帰った、幼いころに見た空の色。禍々しい色をしていて、友那が怯えていたら本俊が抱きあげてくれた。本俊がいれば、何も怖くなかった。

あのころから、本俊のことが好きだった。

――だけど、今の感情とは少し違う。

あらためて、友那はそう思う。

昔は、こんな胸の痛みは覚えなかった。ただ本俊がかまってくれるのが嬉しくて、できるだけ本俊を独占したいとばかり思っていた。本俊と兄がしゃべっているのをうらやましそうに眺め、本俊の手にぶら下がるようにして甘えた。

そして、そんな友那たちを迎えてくれた母の姿も思い出す。

なのに、母としゃべっているときの本俊の表情は、友那は不思議と思い出すことができない。母と密通していたというのなら、二人の間には謎めいた空気があったはずだ。なのに、幼さゆえか、友那がそれに気づくことはなかった。

――どんな顔をしていたのかな。

眩しげな、愛しげな表情だろうか。

本俊の表情を想像してみただけで、ずきん、と胸が痛くなった。そんな顔で、本俊は自分を見てくれたことはない。本俊が絆創膏を巻きつけてくれた指先を、友那は空いた手でそっとにぎりしめる。

叫びたくなる気持ちを抑え、泣きそうな顔を微笑みの形に歪めてみる。

――本俊は悪くない。

また心が迷い始めていた。

ケガしてまでかばってくれる本俊が、自分に悪いことをするだろうか。

そのとき、友那が背を向けていた位置の襖が、静かに開いた。

本俊が戻ってきたのかと思って、友那は振り返りながらしゃべりかけた。

「早かったね。もう傷は……」

「――友那様。ご無事でしたか」

驚いた。こんな深夜に忍んできたのは、田口だ。声が響く夜間だったから、田口はことさら低い声で話した。

「本陣で流血沙汰と聞いたもので、友那様がからんでいるのではないかと焦ってやってきたのです。本俊がケガをしたと聞きましたが、友那様が何か」

本陣内で、トップの本俊がいきなりケガをするはずがない。そのことで、友那がらみだと察したのだろうか。

友那の眼差しは、本俊が座卓に投げ出していった果物ナイフに落ちた。

「……本俊が俺を助けてくれた」

固い口調で、友那は言う。

田口に対する不信感がこみあげてきた。自分を惑わすこの男を遠ざけたくて、きつい目を向ける。

「まさか。……友那様、お声が大きいです」

とがめられたが、友那はかまわず同じトーンでたたみかけた。

「本俊が車に細工したっておまえは言ってたけど、それは変だよ。矛盾してる。だって、車には母さんが乗ってた。母さんが死ぬかもしれないのに、本俊がそんなことをするはずがないじゃないか」

「友那様は、まだわかっていらっしゃらないのですよ」

田口の声が、友那を子供あつかいするように柔らかくなった。

「可愛さ余って憎さ百倍、って言葉があります。姐さんは本俊を裏切ったのです。本俊は破門されたのに、姐さんはそのまま神城組にとどまり、本俊を拒むようになった。……男女の恨みというのは、他人が考えるよりも深いものです。力をつけて戻ってきた本俊が執着していたのは、神城をつぶすこと。そして、裏切った女を殺すことです。家族ともども」

「だけど……っ」

反論しようとした友那に、田口がぴしゃりと言った。

「これ以上、生き恥をさらすつもりですか、友那様」

――生き恥？

友那の身体がゾクリと震えた。

――生き恥って何だよ？

怒りを覚えたが、思い当たることがある。今夜の悲鳴に似たあえぎ声を、田口は聞いていたのかもしれない。

友那は全身の毛穴が強張るのを感じた。

――だけど、俺にとっては生き恥じゃ……ない。だって、本俊のこと……。

自分の心も本俊の心もわからない今の状態で、どう言い返していいのか、わからなくなる。

田口が部屋の中に入ってくる。友那のすぐ正面に座られた。近寄られたくなくてにらみつけたのに、田口には通じないらしい。

忠義面をして微笑まれ、友那の手の脇に置かれたのは、長さ四十センチほどの白木の木刀のようなものだった。極道の家に生まれ育った友那にとっては、これが何だかわかる。ドスだ。

鞘を抜き放てば、不気味に輝く刃が現れるのだろう。

「ようやく、獲物を持ちこむことができました。果物ナイフでは不足でしょう。先ほどの件で警戒されているかもしれませんが、機会を見つけてこれで」

先ほどの果物ナイフは、田口が準備したのかもしれないと思い当たる。そうでなければ、不自然だ。新たに与えられた凶器を、友那は手に取ろうともしなかった。

「できない」

田口をにらみ据えながら、声を押し出す。

自分に本俊が殺せるはずがない。こんなふうに強制されたことで、反発がふくれあがる。もどかしい思いで息が詰まる。とっととこの男を、部屋の外にたたき出したかった。

「友那様にならできます。普段の本俊に隙はありませんが、抱かれている最中になら……」

「……っ」

その言葉に、身体が震えるほどの怒りを感じた。

友那の目に現れた憤怒に気づかず、田口は言いつのる。自分に酔っているような気配さえうかがえた。

「さすがの本俊も、イく瞬間には油断するでしょう。そこを狙って寝首をかけば」

「できないって言ってるだろう!」

とうとう我慢できずに、友那は強い口調でさえぎった。

忠義ぶって理由をつけているが、この男は本俊を殺したいだけではないだろうか。その疑念が胸に突き上げ、全身が震える。

さすがに、田口も友那の怒りに気づいたようだ。まじまじと友那の顔を眺めてきた。

「友那様は心まで、本俊にたぶらかされておいでですか」

田口の視線が、ふと下に下がって友那の割れた裾の内側を撫でた。腿が半分見えている。ゾッとするようなものを感じながら、友那は身じろぎせずにいた。

「そういう問題じゃない。ただ何の証拠もないのに、本俊がやったと言っても信じられない」

友那は感情を抑え、できるだけ冷静にふるまおうとする。手を伸ばせばすぐに届く位置にある田口の身体から、獣じみた気配が伝わってきていた。何か危険すぎるものを感じて、警戒に身体が強張る。いくら言い聞かせても、田口には道理が通じなさそうな奇妙な空気を感じた。

「じゃあ、証拠を持ってくれば納得されると」

「ああ。本俊が本当に事故の黒幕だったという証拠があるのなら、それを仔細に検討する。それで納得したなら……」

「わかりました」

意外にも、田口はそこで引き下がるように思えた。

しかし、ホッと身体の力を抜いた途端、友那の肩は田口につかまれて、畳に引き倒された。

田口は床に転がっていたドスを素早く抜き放つと、友那を組み敷いてそののどに鈍く光る刃を突きつける。

「おまえもあの女と同じように、あの男にたぶらかされたか！」

殺されそうな恐怖を覚えて逃れようとしたが、膝と腕でがっちりと身体が固められていて、その重みに息が詰まる。友那は身動き一つ取れない。少しでも動くと、鋭利な刃で頸動脈《けいどうみゃく》を引き裂かれそうだ。

獣じみた息が、友那ののどにかかった。ドスをにぎりしめた田口の腕に血管が浮き出すほど力がこもり、ぶるぶると腕が震えていた。いつ切られるのかわからなくて、友那はぎゅっと目を閉じた。全身が、死の恐怖に怯えきっている。

――本俊……！

その一瞬に、愛しい男の名を心の中で叫んだ。

そのとき、襖が音を立てて開け放たれ、田口が振り返る気配がした。途端に、田口の手首からドスが叩き落とされた。

「……き、きさまぁあ！」

田口が本俊に襲いかかろうとするのが見えた。

「――っ！」

しかし、本俊はそれよりも先に田口の顔に鋭い肘打ちを叩きこんだ。鼻が砕けたのか、血が飛び散る。畳の上に田口の身体が転がる。

屈強な男たちが三、四人、あっという間に田口を取り囲んで、その身体を押さえこんだ。身じろぎもできなくなった田口は、顔面を血に染めてあえぐばかりだ。

「ケガはないか」

本俊が腕を伸ばして、友那を抱き起こしてくれる。先ほど鮮血にまみれていた本俊のてのひらには白い包帯が巻かれ、痛々しく見えた。そちらの手に体重をかけないようにしながら、友那は本俊の腕に抱かれ、その顔をまじまじと眺める。

こんなときだけ、本俊の声がひどく優しい響きを孕んでいるような気がしたからだ。

本俊に触れられているだけで鼓動が速くなり、恐怖に麻痺していた身体に血が通っていく。本俊から離れたくなかった。ずっとこのまま、抱いていて欲しい。本俊から腕がほどかれるまで、友那は名残《なごり》惜しいような気分で身をゆだねていた。

だが、そのとき、本俊から驚きの発言があった。

「時間がかかってすまなかった。こいつがおまえの敵だ。あの日、車に細工をして、事故を起こさせた犯人」

「――――え」

本俊の言葉に、友那の目が大きく見開かれる。

本俊はちゃんと、調べていてくれたらしい。友那の家族を殺したあの事故を。そして、犯人まで探り当てていた。

本俊が合図をしたので、田口の身体は組員たちによって引き起こされた。

「くそっ！　放せ！　放さんかい！」

悪態をついている田口の姿は、悪役そのものだった。腕をそれぞれ別の組員に押さえこまれたまま、畳に這わされた田口は、憎々しげな視線を本俊と友那に交互に向けてくる。西井組の本陣に憎しみを覚えているのか、ペッと畳に血の色の唾を吐き出した。

本俊は冷ややかな眼差しで、そんな田口を見下ろした。

「神城の内部にブレーキの細工をした人間がいる、というところまでは判明したが、それが誰かまでは特定できなかった。泳がせておいたらいずれしっぽを出すだろうと判断して、神城の人間を一人ずつ本陣に入れることにした。友那とも接触しようとするやつが出てくるだろうと考えていたが、案の定だ」

その言葉に、田口が憎々しげな顔になる。この本陣で、自分がずっと監視されていたことを察したらしい。全ては、犯人をあぶり出すための罠だったということなのだろうか。

事故を起こした犯人は、外部ではなくて神城組の中にいた。友那には、そのことが信じられない。組の資金は潤滑ではなく、田口にも十分な待遇を与えられなかったとは思うが、どうして田口は盃を交わした相手を裏切らなくてはならなかったのだろうか。

「お……まえが……」

友那の唇は震えた。

ずっと犯人が判明することを待ち望んでいた。その犯人かもしれない男が目の前にいる。

そう思うと、興奮のあまり頭が真っ白になった。

「どうして、……殺したんだ……っ！」

しかし、田口はふてぶてしい笑みを浮かべるだけで、答えようとはしない。

そのようすを見て、本俊が口を開いた。

「こいつは姐さんに横恋慕《よこれんぼ》してた」

——え。

友那の胸が強く突かれたように、痛みを発した。

母は本俊だけではなく、田口までも虜《とりこ》にしていたというのだろうか。母のことを口にする本俊の表情を見定めたくて、友那は振り返る。

「……本俊だけじゃなくて？」

「俺？」

本俊はひどく意外そうな顔で、友那を見た。

田口と友那を見比べ、にやりと口元を歪ませる。すぐに、その質問の意味を理解したようだった。

「なるほど。そう言って、友那をたぶらかしたのか」

本俊の手が伸びて、友那の前髪を指先ですくい上げた。昔よくされた、頭を撫でるようなしぐさだ。子供あつかいされているようだけれども、友那はその手から愛しさが伝わってくるのを感じ取る。

「俺が神城組を追放されたのは、確かに姐さんとの噂が原因だ。だが、誓って言う。俺は、姐さんとそんな関係ではなかった」

本俊の言葉には、一片の曇りも感じられなかった。

友那にもそれが伝わる。あれこれと一人で思い悩むのではなく、本俊本人に尋ねればよかった。

——だけど、それなら、真相はどういうことに？

友那が懸命に頭の中を整理しようとしていると、本俊が腕を組んで、鋭い視線で田口をねめつけた。

「ある日、俺はオヤジから呼び出されて問いただされた。否定はしたが、姐さんによけいな迷惑をかけちゃいけねえからと、そのまま組を去ることにしたんだが。……あれは、てめえがふざけたことを吹きこんだからだろうな、田口」

「ああ、そうだよ、俺だよっ！」

開き直って怒鳴った田口の頬に、彼を押さえつけていた組員からの鉄拳《てっけん》が炸裂した。

「げふっ！」

田口はうめく。本俊はかすかに眉を寄せたが、その組員をとがめることはしない。

友那には、本俊が組を去った理由がわかってきた。

おそらく、母は本俊のことが本当に好きだったのだろう。その恋心を抑えつけてはいたが、それは本俊にも父にも、何となく伝わっていた。

　それだからこそ父は田口の言葉にそそのかされ、本俊は黙って組を去ることになったのだろう。一度は破門だと本俊に怒鳴った父は、一時の激情が落ち着くとそのことを悔やんだ。母の無実を信じた。だからこそ、本俊の破門状は外部に出されることがなかった。

——たぶん、そんなところじゃないかな。

　何の証拠もなかったが、長い間接していた家族だからこそ、友那にはその心の動きがわかるような気がする。母はやはり父を裏切るような人ではない。

「だけど、俺を追放したのみならず、姐さんまで殺すというのはどういうことだ？」

　本俊の言葉に、田口はキレて叫んだ。

「あの女がいけねえんだよ！　何年経ってもなびきやしねえ。思いあまって、犯してやった。一発犯《や》っちまえば俺のもんになるかとたかをくくってたら、オヤジに言いつけるとさ。——だとしたら、殺すしかねえだろうが！」

　その真相に、友那の顔から血の気が引いていく。

　身体が震えた。この男の甘言に騙され、本俊を疑った自分が限りなく愚かに感じられた。

——犯人は間違いなく田口だ。

　確信を抱く。

　田口は友那の母をめちゃくちゃにして、そのあげくに殺した。組長に断罪されるのを怖れ、その前に口をふさいだ、永遠に。

田口のあまりの卑劣《ひれつ》さに、血が沸騰《ふっとう》するような憤りを感じた。だが、やけになったのか、田口は興奮したように話し続ける。

「あの女、抱かれたときにはひぃひぃ言ってやがったのによ。オヤジに言いつけるなんて、裏切りだぜ、あり得ね――」

「それ以上言うな、田口っ！」

友那は怒鳴った。

異様な興奮状態に取り憑かれた。

こんな男に父や母や兄が殺されたなんて、許せない。面影さえわからないほどに焼けた父と母と兄の姿が、脳裏にクッキリと浮かび上がる。

生前の父の厳しい表情や母の優しい顔、兄の笑い顔がそれに重なり、一人生き残った自分がやらなければいけないことがようやくわかった気がした。

友那は畳の上に転がっていたドスを、無我夢中で拾い上げる。

今なら田口を殺せるような気がした。

――そのために、俺は一人だけ生き残った。

復讐のためなら心を殺し、人形になれと、本俊に言われてきた。今までの日々は、田口を殺すためにあったような気がしてくる。

白木の柄がてのひらに食いこんだ。

怒りで目がくらみ、田口の表情を見定めることもできない。それほどまでに激情が全ての判断力を押し流し、強い力で友那を突き動かしていた。

――殺してやりたい!

愛する人を殺した相手を。

自分の手で田口の命を奪いたい。本当に苦しめながら、殺してやりたい。

「……殺《や》るなら、おまえの罪は俺が背負ってやる」

本俊の低いささやきが耳に届いた。

「何年でも代わりにお勤めしてやるよ」

その声がゆっくりと友那の臓腑に染み渡る。友那を蛮行《ばんこう》へと駆り立てる、悪魔のささやきだ。

だが、その声の中に限りないぬくもりを感じ取った気がして、友那は関節が白くなるほどドスをにぎりしめながら、本俊に顔を向けた。

本俊の眼差しは氷のように無機質で、いつものように感情がひどく読み取りにくい。

「なんで」

ささやくように、問い返す。

どうして本俊は友那が犯した殺人の罪を背負ってくれようとするのだろうか。その理由がわからない。答えを求めて見つめていると、本俊がその形のいい唇に、くぐり抜けてきた修羅場の数を思わせる凄惨な笑みを浮かべた。

「守ってやる、と言っただろ。世界のどんな力からも、守ってやると」

「……っ！」

友那は息を呑んだ。

ズキンと大きく、鼓動が脈打った。

本俊のあの言葉は嘘ではなかったのだろうか。

自分を守ってくれる大きな力の存在に気づいて、自暴自棄になっていた心が現実に引き戻された。友那の身体から力が抜けていく。瞬きをするたびに涙があふれる。こんな視界では、田口に斬りつけることもできない。

さっきまでの一瞬の激情は、友那から失われていた。

――それでも。

家族の復讐をするべきではないのか。

友那はドスをにぎりしめたまま、身じろぎすることができない。

涙と鼻水がのどに詰まり、ぐるぐると頭が回る。葛藤に瞼の裏が真っ赤に染まり、ガンガンと激しい耳鳴りがした。立っていることすら困難な気がするほど、膝が震えていた。

――本俊……。

救いを求めて、視線を向ける。

本俊がそんな友那の状態を悟ったらしい。

ただ見守っているだけだったのに、尋ねてくる。

「……いいのか？」

「いい」

それだけで、本俊は全てを察したようだ。

友那に寄り添い、指を一本一本こじ開けるようにして、手からドスを外していく。凶器が手から離れた途端、友那の身体からはもう一段力が抜けた。

「……田口に自首させて欲しい」

友那は震える声で本俊に告げた。

直接この手で復讐することはかなわなかったが、田口には三人の人の命を奪った罪ほろぼしをして欲しい。いつか、罪を悔いて欲しい。そうでなければ、我慢できない。

「聞いたか」

本俊が友那の言葉を受け、田口に向かって歩いた。

「慈悲深い相手でよかったな。——自首しろ」

本俊の全身から、氷のような殺気が広がった。本俊はてのひらで田口の顎をすくいとり、いきなりぐっと力を入れてのけぞらせた。

「てめえが細工をしたという証拠は、まだ見つかっていない。しかし、おとなしく罪を認めて自首しなかったら、俺とうちのやつらが、てめえを地の果てまで追ってやる。追い詰めて、てめえが思いもつかないような残酷な方法でなぶり殺してやる。……わかったか」

本俊の放つ気迫に、死の恐怖を感じたのだろう。

田口の顔は歪み、額に玉のような汗が浮かび上がる。自首しなかったら、西井組が非合法に消す。どちらがいいかは、火を見るより明らかだ。

本俊が手を離すと、田口はがくがくと震えながら、額を畳に擦りつけるようにしてうなずいた。

「わかった。わかったから……っ」

「――つれていけ。警察署の前まで、丁重に送ってやれ」

本俊が命じると、西井組の組員たちが田口を囲んで連れ出していった。

部屋に本俊と二人きりで残されて、友那は放心した。膝をつき、それから膝を抱えこんで脱力する。

自分でも驚くほどの激情が去って、意識が散漫になっていた。自分の判断はあれでよかったのだろうか。間違ってはいなかっただろうか。この先一生、考え続けることになるのだろうか。

近づいてきた本俊に、迷いを断ち切れずに尋ねていた。

「俺のこと、ふがいないって思ってる？　田口のこと、殺せなかったから」

本俊は自分のことを憎めと言った。そのために壊してやると。なのに、友那は家族を殺した相手を、この手で殺すことはできなかった。そんな自分に、本俊はがっかりしていないだろうか。

「殺さずにおまえが収まるのなら、それが一番いい」

簡潔に肯定されて、友那は食い下がらずにはいられない。

「だったら、……どうして。どうして罪を背負うなんて……」

あの言葉が、ずっと心から消えない。本俊からそう言われなかったら、今頃友那は田口を殺していたかもしれない。

友那の代わりに殺人の罪を背負うほど、本俊は自分のことを大切に思ってくれたのだろうか。

「わからねえか」

本俊の口元に、苦笑が浮かぶ。瞳の奥に、何か判別しがたい表情が浮かんでいるような気がした。だけど、まだそれが何なのか、友那には見定められない。

守ってやる、と本俊は言ってくれた。

縁日のときに、守ってくれた。篠懸会に殴りこみをかけようとしたのも止めてくれたし、ずっとこの家から出さなかった理由もようやくわかる。犯人をあぶり出すためと、友那の身の安全のためだったのだろう。相手の動きを観察し、友那を守るには、本陣にいるのが一番いい。

両親を殺した相手が、友那をいつ殺そうとしてくるか、わからないからだ。

——だけど。

どうして、本俊がそこまでして自分を守ってくれるのか、友那にはわからないままだ。どうしても、その理由が知りたい。震えながら答えを求めて見つめていると、本俊の瞳が冷ややかな輝きを増した。

「――俺には、殺したい男がいた。過去に」

本俊の身体が、そのときのことを思い出したのか、冷気を発した。

それを感じ取って、友那はハッと息を呑んだ。

「悔しみに身を灼くのは苦しい。相手が特定されなければ、なおさらだ。だから、俺を代わりに憎むことでおまえの苦しみが少しでも楽になればいいと思った」

殺したい人がいたからこそ、本俊は友那の気持ちが痛いぐらいわかったのだろうか。やり場のない憎しみを、自分に向けさせようとするほど、強い思いで友那を包みこんでくれたのか。

憎めと本俊が告げ、残酷に接してきた理由が、ようやくわかった気がした。

だけど、新たな引っかかりが生まれて、震える声で尋ねてみる。

「本俊は、その殺したい人を殺したの？」

「……殺してはいない。罪も償《つぐな》った」

その言葉に、友那はホッとする。

本俊は瞳を少し和ませて、言葉を続けた。

「だけど、当時の俺は抜け殻だった。オヤジが俺に目をかけて組で面倒を見てくれたが、人の心を取り戻せずにいた。……そんなとき、皆に怖れられていた俺に懐いてきた子供がいたんだ。やたらと無防備で、俺の膝の上で仰向けになって寝やがる。あまりに心地よさそうだったので、邪魔だと思っても起こせずにいた。子供を可愛いと思ったのは、初めてだ。俺は困惑しながら、その子が目を覚ますまで飽きずにずっと眺めてた。その子と接することで、俺はようやく人の心を取り戻せたような気がする」

——俺のこと？

そんなことは覚えてない。ただ、本俊に近づきたくて、可愛がってもらいたくて必死だったことしか記憶に残っていない。当時、そんなにも本俊はすさんでいたのだろうか。

友那は緊張に震えそうになる手を、ぎゅっとにぎりしめた。

自分が本俊の救いになっていたのだとしたら、嬉しい。

だからこそ、本俊にとって、自分は特別な存在になったのだろうか。世界のどんな力からも守ってやろうと思うほど。

瞳に、こぼれそうなほど涙が浮かんだ。何も言えないまま震えていると、本俊が友那の前で膝をつく。本俊の手が伸びてきて、頰を包みこむ。上を向かされる。その一連のしぐさに、瞳の端から涙がこぼれ落ちた。

「……泣くな」

本俊の声が低くかすれた。頭をぎゅっと抱かれた。抱いているのは本俊のほうだというのに、すがりつかれているような感じがするのはどうしてだろう。

涙がようやく収まったころ、腕を解かれ、顔をのぞきこまれた。キスしようとしたらしい手が、行き場を失って止まる。

本俊が心から困惑したかのように、言ってきた。

「おまえ相手だと俺は、いつも途方に暮れる。……奪って犯せば、自分のものになるわけじゃないって、わかっているのに。……かといって、どう接したらいいのか、わからねえ」

「泣くのは、おまえの……せいだろ……っ」

嗚咽が混じりそうな切れ切れの声で、本俊に抗議した。

本俊は奪って犯すだけではなくて、それ以上の何かを友那に求めているのだろうか。

本俊には混乱させられてばかりだ。

ぎゅっと目を閉じたが、本俊の視線を意識しすぎて睫が震えた。涙が幾筋も流れ落ちる。空気を吸おうと開いた唇を、本俊がふさいできた。

「……っ」

十分に知っているはずの唇だ。

だけど、いつものように奪いつくそうとするキスではなく、友那の反応をとまどいながら探ってこようとしているのを感じ取る。いとおしさが伝わってくる。それだけで、キスはとろけるような甘さを孕んだ。

奥のほうに逃げていた舌を捕らえて、からめられる。本俊の舌が動くたびに、友那はぞくぞくとこみあげてくるうずきを殺しきれない。

「もう犯人も見つかったし、おまえは自由だ」

そう言われて、友那は突き放されたような気分になる。

「だけど、離したくないって言ったら、怒るか？」

続いたその言葉に、胸がいっぱいになった。

嬉しくて、本俊のことがいとおしくて、涙ばかりがあふれて止まらなくなる。

最初は犯されるのは嫌だった。快感にあえがされるのを恥じていた。だけど、本俊への思いを意識したことで、屈辱は別のものへと入れ替わっている。離したくないと言ってくれるのが、こんなにも嬉しい。

本俊とのかけがえのない絆《きずな》を感じてならない。本俊の顔を見ているだけで、友那の胸には締めつけられたような切なさがこみあげ、告げずにはいられなかった。

友那は本俊の身体に腕を回し、すがりつくようにして告げた。

「……っ、本俊が好き」

めまいがする。恥ずかしさと高揚と不安に、震えが止まらなくなりそうだ。しかし、友那を抱く本俊の腕に力がこもったのに勇気を与えられて、さらに言葉をつづってみる。

「本俊にとって、…俺が…母さんの代わりでしかなくとも……好き。……大好き…」

「代わりって、……何だ？」

怒気とともに伝えられて、友那は震える。

問いただすよりも先に、ハッキリと告げられた。

「おまえは誰かの代わりなんかじゃねえ。俺が好きなのは、おまえだけだ。友那」

その言葉とともに、骨が砕けそうになるぐらい、強く抱きしめられる。本俊の広い胸に包まれて、息苦しいのに、幸せでならない。

「ずっと、見守ってた」

耳朶を、本俊の唇がくすぐる。

「神城組を、遠くから。——不幸があったと知って、おまえが巻きこまれてやしないかと、気が気じゃなかった。無事なおまえの姿を見て、七年ぶりに言葉を交わしただけで、自分でも驚くほどの激情がこみあげてきた。大きなものを背負ったおまえを、俺のあらん限りの力で支えてやりたかった。俺がかつて救われた恩を、返したかった」

首筋にいとおしげに軽く唇を押しつけられ、ぞくりと肌が粟立った。

「泣かせたり、傷つけたかったわけじゃない。本当は、守ってやりたかっただけだ。だけど、俺はこんなふうに奪うことしかできない。強引に理由をつけて力でねじ伏せ、おまえの信頼を損なった。自分と同じ位置に引きずり落としたくて、汚く染めてやりたくて、ずいぶんひどいこともした。……意志を奪って快感漬けにしたら、いつまでも俺のそばにいるかもしれないと

も考えて、ひどく抱くこともした。それら全てを、許して……俺のことが、好きだと言うのか」

揺らぎなく見える本俊だが、内心ではいろいろと惑っていたのかもしれない。そのことに、たまらない愛しさを感じる。こんなふうに、許しを乞われるなんて思わなかった。

「何をされても、……本俊のことが……好きだよ」

何度も本俊のことを疑ったが、それでもこの思いを断ち切ることはできなかった。愛しくて、大切な人だ。

友那が言うと、また強く抱きしめられた。

「おまえは俺を、昔からこの世につなぎ止めておいてくれる。おまえが田口を殺さなかったとき、俺は救われた。おまえがいれば俺は、たぶんまともな方向に歩いていける。道から逸脱しなくてすむ。俺の……天使」

くすぐったい表現に、友那は思わず笑った。

自分は単に普通の人間なだけだ。勇気もなく、泣き虫で平凡な存在にすぎない。それでも、自分がいることで本俊が道を外れないですむというのだったら、そばにいたい。本俊が間違えずにすむために。

「憎めって言ったのは、俺を楽にするため？」

「それもある。それに、憎むぐらい想われたかった。憎しみは愛情ほど強い。おまえの中を全て、俺のことで埋めつくしたかった」

信じられないほど、本俊は不器用だ。

そんな相手へのいとおしさで、胸が破れそうになる。

何度もキスを繰り返した後で、本俊は友那を抱きあげて、隣室へと運んでいく。布団の上に横たえられ、本俊の身体が覆い被さってきた。

またふさがれる唇の感触に、意識がかすんだ。


口づけを受けながら、身体のあちこちを探られた。

本俊の重みとともに引き締まった身体の感触が伝わり、鼓動が重なる。襟を開かれ、乳首に吸いつかれる。

「……っぁ」

友那はそこから伝わる甘ったるいうずきに、小さくうめいた。乳首を絶妙な強さで転がされるのが気持ちよくて、身体がびくびくと震えてしまう。本俊の手が包帯で覆われているのを思い出し、その手に指をからみつけた。

「何？」

「こっち、使わなくて……い……から」

「かすり傷だって言っただろ。けど、せっかくだ。こっちの手は使わずに、おまえをイカせてやるよ」

本俊は含み笑いとともに尖った部分を舌先でつつき回した。ツンとそこが硬く尖るなり、今度は中心部分には触れられずに周囲だけを舐め回される。舌のざらつきさえ感じ取るぐらいに敏感になった友那の身体は、その巧みな舌使いに翻弄される。友那の身体を知りつくした絶妙な強さで甘嚙みされ、唾液をたっぷりからめられて転がされると、もうたまらなかった。

下腹が熱く火照り、性器に作り替えられた部分がうずき始める。

本俊の舌がうごめくたびに、びくびくと反応せざるを得なくなっていると、無傷なほうの指を唇に這わされた。柔らかさを味わうかのように何度か往復してから、唇を割って指が中に入ってくる。

「……っん」

恥ずかしさに震えながら、友那はその指を受け入れた。口の中を掻き回されているうちに、その指がいとおしく感じられるようになって、友那は舌をからめていく。

しばらくして唾液に濡れた指が抜かれていった。その手が足の間にすべり落ちていく気配を察して、友那は震えながら足を開く。

本俊が小さく笑って、友那の乳首を甘嚙みした。

「それはねだってるのか」

「だって……っ」

できるだけ本俊に負担をかけたくない。

それだけのつもりだったのだが、友那の従順な態度は、本俊にとってはなかなか愉しいことだったらしい。膝を使って足をもっと開かされた後で、指が体内にゆっくりと侵入してくるのがわかった。

「んっ」

びくっと胸元をのけぞらせると、本俊の唇が触れていなかった反対側の突起に吸いついていく。

硬くなっていた乳首を、本俊に舌先で円を描くようにもてあそばれる。その刺激に合わせて、友那の襞は指を締めつけずにはいられない。熱くなった粘膜を掻き回され、友那の腿はびくびくと震えた。

中で指の抜き差しが始まると、友那の息がどんどん乱れていくばかりだ。押し寄せられる快感に襞がひくつき、乳首もツンと尖って、本俊に刺激されるたびにぞくぞくするような刺激が身体中を駆け巡る。

だけど、完全に中を溶かしきらないうちに指が抜き取られる。物足りなくて、ひくんと中がうごめいた。

「友那」

本俊はこの上もなく甘い声でささやいてから、友那の乳首を強く吸いあげた。

「うつぶせになれ。……舐めてやる」

本俊がどれだけ淫らな行為をしようとしているのかが察せられて、身体がすくみあがりそうになる。それでも、身体がとろけそうな期待に、友那は言われるがままの格好を取った。

うつぶせて、腰を高くあげる。すると、足の後ろに回りこんだ本俊が、友那の身体を隠す浴衣を容赦なくめくりあげた。

「……っ」

こんな格好で臀部を露出させられることに、顔から火が出そうな恥ずかしさを感じる。さらに、本俊は言った。

「ここに手を伸ばして、開いてみろ」

——そんな恥ずかしいこと……っ！

できないと思ったのに、友那の身体は言われるがままの格好をしようとしていた。本俊の手に負担をかけないように、頑張らなければならない。死にそうな羞恥を耐えながら、両手をお尻の間に伸ばす。

震える指先で本俊の目の前に、自分の手で割り広げた。

「……っ、やだ、……見る……な」

自分で見せる格好をしておきながら、友那は矛盾する言葉を口にしていた。呪縛されたように身動きもできない。

本俊の視線が、広げられた部分に突き刺さるようだった。本俊は何も言わないし、しない。羞恥に耐えかねて、ひくんとそこがうごめいた。

過敏になりすぎた部分に、本俊の息が吹きかけられるのを感じて、またそこがうごめいた。

「どうした？　触る前から、こんなにひくつかせやがって」

「だって……っぁ、……っや」

開いたままの後孔にいきなり生温かいものが触れて、友那の臀部にきゅっと力がこもる。

「……っぁ、あ、あ……っ」

続けて本格的な侵攻が開始される。友那が開いた襞の奥まで、無慈悲な舌が余すところなく舐め回していく。

「力が抜けた。ちゃんともっと開いておけ」

「そんなの、……っむり……っ」

それでも、友那は命じられるがままに開き直した。本俊の手が負傷していなかったら、絶対にこんなことはしないはずだ。

中の粘膜と舌が触れて擦れ合う感覚に、友那は甘い吐息を吹きこぼす。舌からの熱が粘膜までじわりと伝わった。唾液が中に流しこまれ、友那の襞がたっぷりと濡らされていく。

「やっ、……っぁ、あ、く、ん、ん…」

本俊の舌がうごめくたびに、びくびくと友那の身体が跳ねた。感じるたびに、どうしても腰を動かさずにはいられない。

その部分から全身が溶けていくようだった。縁を舐め回されるのがすごく悦くて、奥までうずきが伝わり、腰が崩れそうになる。

じんじんと、中がうずいた。

奥のほうまで、硬くてすごいものをはめて、いじめて欲しい。次第にそんなことしか考えられなくなる。

「もう、……入れて。……ッ早く……っ」

これ以上の羞恥に耐えられなくて、友那は震える声でねだった。

ようやく本俊がそこから顔を離してくれる。どうしていいのかわからなくて、さっきと同じ姿勢を取ったままでいると、本俊が言った。

「入れてみるか」

「……え」

「友那から」

返事をしないうちに、この専制君主はそうさせることに決めたらしい。布団の上に横たわり、友那の腰をその上に引き寄せてくる。

——もう……っ！

そんな恥ずかしいことはしたくない。それに、ちゃんと自分で入れられるかどうか自信がなかった。

それでも、友那は少しでも本俊を楽にさせたくて、その腰の上にまたがった。裾が大きく割れて、友那の全部が見えてしまう。

少しでも隠すために前屈みになりながら、これ以上刺激する必要もないほど雄々しく屹立しているものに手を添えた。硬くて熱いものが脈打っている。位置を確かめながら、慎重に腰を落としていく。

「あ」

だが、位置が正しくなかったらしく、覚悟して腰を下ろしたら、つるんとそこからそれた。足の奥を強烈に刺激するものの感触に息を呑んでから、友那は再び挑戦する。

次は自分でそこに手を添えて、固定しておくことにした。

「……ッン」

そんな一連のことをする間にも、全身に浴びせかけられる本俊の視線を痛いぐらいに感じている。

「つぁ！」

先端がぐっと中に突き刺さっただけで、友那の身体はすくみあがった。息を整え、もっと奥まで受け入れるために力を抜きながら体重をかけてみたが、中は狭かった。少し体重をかけたぐらいでは入りそうもない。かといって、強くくわえこんでいて、抜くこともできない。

困惑して本俊を見る。本俊は愉しげに友那を観察してるだけだ。

「……どうしたら……っいい？」

先端だけくわえこんだペニスが、痺れるような感覚を友那にもたらしてくる。一番大きな部分に開かれたままの括約筋は少し辛かった。もどかしい感覚に焦れながら、友那は助けを求める。

「ここを。……自分でいじってみたらどうだ？」

本俊の手が伸びて、友那の乳首をつまみあげた。

そのちくんとするような刺激を受けた途端に身体の芯が溶け、足の力が抜ける。ずっ、と少しだけ埋まった。だけど、本俊が手を貸してくれたのはそこまでだ。

愉しむような目をして、友那から手を離してしまう。

自分だって焦れったいだろうに、友那が困る姿を見たいのだろう。

仕方なく友那は、張りつめた乳首に自分で触れてみた。見られていると意識するだけで、すごく恥ずかしくて、乳首の感度はいつもとは違う。

硬い乳首の感触が、てのひらに奇妙な感覚をもたらした。いつも本俊がするみたいに、指の間でつまみあげて、左右に擦ってみる。

「……っぁ」

それに合わせてひくひくと襞が反応して、中からも甘い感覚がこみあげてくる。ぞくっと震えたときに、また少し入れることができた。自分で身体をあやすように、友那はもっと乳首を刺激していく。

「ん！」

体内にペニスをくわえこみながらいじるのは、恥ずかしいのにたまらなく気持ちがよかった。つまんで擦りあげるたびに本俊のものをくわえこんだ襞がひくつき、甘い衝撃が広がる。

「……あ、……っあ、あ……っ」

乳首をつまみあげながら、友那は自分を本俊に貫かさせていった。襞を押し広げられる感覚は普段よりもずっと強く感じられ、ひくひくと抵抗するように動く襞の動きが淫らなうずきを次々と掻きたてる。
ズ、と入ってくる感覚が体内から伝わってきた。
焦れったいほどゆっくりしか入れることができないけれども、それが悦くてたまらない。友那の背はのけぞり、奥の奥までもが本俊の肉棒で埋めつくされる。ずきずきと中が痛かったが、反り返った切っ先が友那の弱い部分を微妙に刺激していた。

「入った……」

入れただけで、粘膜がどうしようもなくうずいた。存在感を味わうように、襞がうごめいている。

「動けるか」

からかうように本俊に言われて、友那は小さくうなずいた。

「つあ」

だけど、この状態で動くのは思っていたよりも困難だ。腰を浮かそうとしたが、腿に力を入れると締まりすぎて抜き出せなくなる。すると、本俊が友那の腕を自分の腹筋に導いた。

「ここに手をつけばいい」

「……つあ」

友那はぎこちなく動いてみた。

身体の中をズズ、と本俊のものが擦りあげながら抜け落ちていく。その刺激に襞がひくつき、刺激が増幅される。

ギリギリまで腰を上げてから、また下ろしていくのを繰り返す。

無意識に、自分の感じる動きをしようとしていた。悦いところに本俊のものがあたるように誘導しようとする腰の動きは、自分でも信じられないほど淫らだ。本俊の視線を感じると、さらに身体が火照っていく。

――本俊も、悦いのかな？

動きながら見下ろした本俊は、冷静なように見える。こんなに性器を硬く熱くしているのに、それが悔しい。

「……本俊……っ」

「何だ？」

「どういうのが……悦いの……？」

不器用に動きながら、友那は尋ねてみた。本俊は甘く笑って、下から戯れるように一度突き上げる。それだけで、ぞくんと大きな快感が背筋を駆け抜けた。

「好きなように動け。俺はおまえのそんな姿を見ているだけで、感じる」

友那よりも本俊のほうが感じる場所を知っているらしい。

友那は本俊が教えてくれたその感じるところを外さないように締めつけながら、同じように腰を使ってみた。

さきほどよりもずっといい。ぎこちなく動いているだけだったが、どうしようもない快感がにじんでくる。

友那はそこに擦りつけるように、何度も腰を揺すった。

「……っぁ、……ん、ん……っ！」

――少し苦しいけど。

本俊の教えてくれた場所が悦すぎて、その悦楽に取り憑かれたように外すことができなくなる。

こんなふうに、自分の快感ばかりに没頭している友那の姿はどのように見えるのだろうか。

恥ずかしいけれども、本俊が言ってくれた言葉にも救われて、淫らな腰の動きを止めることができなくなる。

気持ちよさに眉を寄せ、腰を揺らしていた友那のペニスに、本俊が手を伸ばした。

「……っぁ……っ」

雫を垂らす部分を軽くにぎりこまれて、友那は快感に息を乱した。

「やめ……っ、邪魔す……な……、ぁ……っ」

「邪魔されたらできなくなる？　だったら、俺がしてやるよ」

友那の先をいじりながら、本俊が腰を突き上げた。

「つぁ、あ……っ！」

自分が動いていたときとは段違いの激しさに、友那はびくんと顎をのけぞらせた。

身体の下で強い筋肉がうねり、絶え間なく突き上げられる衝撃が伝わる。淫らな音が接合部から漏れ、荒々しい動きに酔わされていく。

「や、んっ、……ッダメ…っ」

「まだ始めたばかりだ、友那」

「そこ、触んな……」

蜜があふれ出す部分をいじられてると、よけいに感じてしまう。指の先でぬるぬるとした液体を塗り広げられながら、硬い肉の凶器に奥の奥まで突き上げられて、身体全体がとろとろと溶けていく。さらに乳首をつまんで擦りあげられ、感じるところばかり刺激されると、友那はたまらなくなった。

「つぁ、あ、あ……っん、んん……っ」

友那の切羽詰まった声に導かれるように、本俊の突き上げが一段と激しさを増す。友那もそれに合わせて腰を使わずにはいられなかった。入れられるのに合わせて腰を下ろし、抜かれるときに腰を浮かせる。そんなことをすると摩擦がなおさら激しくなって、友那の身体はがくがくと揺れた。

「ひっ！　……ぁあ！」

ついにイキそうになって動きを止めると、友那の奥の奥まで串刺しにされる。とどめを刺すような深く鋭い一撃に、友那の身体は大きく反り返った。我慢に我慢を重ねていたものが、一気に解き放たれる。先端から放たれる白濁が本俊の身体を濡らす。愛しい男にするそんな冒涜《ぼうとく》すら、背徳的な快感をあおりたてた。

「こら。……まだ出すなって言っただろ」

「だって、……っ我慢できな……っ」

反論できないでいるうちに友那の身体は仰向けに倒され、奥でどくり、と本俊の性器が脈打った。さらに大きく、圧迫感を増したものの抜き差しが休みなく繰り返され、その感触に友那はあえぎ続けることしかできなかった。

本俊で自分の中が満たされている。

あれからどれだけ絶頂に導かれたか、わからないぐらいだ。だけど、本俊の熱いものに身体をこじ開けられると、そのたびにとろけるような心地よさに酔わされる。

「……っん、……っもう、無理……っ」

さすがにどうにかなりそうで小さく声を上げると、本俊は抱え上げた腿の内側をてのひらでなぞりながら、小さく笑った。

「といいながらも、この淫らな孔はきゅうきゅう吸いついてきてるが」

「それは、反射だから……っ」

「前もそんなことを言ってたな」

ゆっくりと、襞のうごめきを確かめるかのように動かされる。激しいのもいいけれども、こういうスローペースなのもたまらない。本俊のものの形を、嫌というほど身体に思い知らされる。張り出した先端や、幹の硬さや、根元の太さまで全部伝わってくる感じがあった。どれだけ淫猥に、自分の中で脈打つのかも。

快感にとろとろになった身体がさらに煽られて、熱くなる。大きく息をすると、はぁ、と濡れた吐息が漏れる。襞がぞくっと震えてからみついた。

「もと……みね」

「ん？」

「……気持ち……いい」

素直に伝えると、本俊は甘い笑みを見せた。

「おまえは全てで、俺を悦ばせる」

ゆっくりとした動きを保っていた本俊の動きが、少しだけ早くなった。

「こんなに成長して、ここでも俺を悦ばせるようになるとは思わなかったが」

本俊が余裕たっぷりの表情でつぶやきながら、さらに狙いを友那の感じるところに定めてきた。

「っ！」

ピンポイントでえぐられて、友那の身体に痺れが広がった。そこを刺激されると、どうしても反応せずにはいられない。眉がぎゅっと寄せられ、口が開きっぱなしになる。

「本当にここが弱いな」

友那の身体を知りつくした本俊の刺激は意地悪だ。次はダイレクトにではなく、少しずらして焦らすようにかすめられた。

それを何度か繰り返されると、そこに欲しくてたまらなくなるのを知っているのだ。

「つぁ……っ、や…っ」

友那の腰がねだるように動いた。本俊のペニスをそこに導こうと、腰をうねらせてしまう。

そんな反応を確認してから、本俊はいきなりポイントを強く擦りあげた。

「ぁあああ……っ！」

友那の声は艶を帯びる。

数回なぞられただけで、友那の身体は絶頂寸前まで追い詰められていた。

「ん、くっ……っ」

そのままうまくタイミングを合わせて昇り詰めようとしたのに、本俊が突然動きを止める。

足を下ろされ、今度は別の場所をゆるゆるとなぞってくる。

「や、……っど……して……っ」

恨み言のようにつぶやきながら、友那は切れ切れに声を漏らす。それでも熱くひくついてからみつく粘膜を、掻き回されるだけでたまらなかった。

引き延ばされていく快楽に、友那は本俊にすがりついた。肩に顔を埋めるようにして、荒い息を吐いた。

「やだ、本俊。……もっと」

「じゃあ、一度イカせてやる。だけど、一晩中たっぷり、可愛がってやる。……覚悟しとけ」

本俊の声と同時に、鋭く突き上げられた。

どうしようもないぐらい、本俊に焦がれている。

このままずっと抱いて、壊してくれてもいい。眠りも何もいらない。本俊にとって友那が必要なように、友那にとっても本俊が必要になっていた。

逃げたかったのは、本俊の心がわからなかったからだ。愛されているとわかったあとなら、本俊のそばから離れたくない。昼も夜も一緒にいたい。本俊がそう願ってくれるのなら。

きつく肩にしがみつく。

体奥に次々と刻まれる律動に、友那は濡れた吐息を漏らした。


友那が一人暮らしをしていた地方都市のアパートに戻ったのは、それから半月ほど後だった。

二カ月ほど留守にしていた部屋は埃っぽく、窓を開け放つと冷気が入りこんでくる。

それでも、開いた窓の向こうに、真っ青な冬の空が広がっている。白い息を吐きながら、友那はその空をしばらくぼんやりと見上げた。

結局、神城組は解散し、西井組に吸収されることが正式に決まった。本俊が友那の相談なしにそれを決めたのは、神城組の組員の反発を煽って、早いうちに犯人をあぶり出すのが目的だったそうだ。

全てが終わったのちにあらためて相談されて、友那は本俊に全てをゆだねることにした。

暴対法下で複雑になった情勢下、自分では神城組を支えられないことを、友那自身がよく知っていた。それに、神城組のものだった縄張りは西井組に預けたほうがいい。西井組は経済ヤクザの最先端グループともいうべきところで、渋谷に麻薬を広げようとする篠懸会とは違っていた。組員たちについても、西井組で面倒を見ると言ってくれているそうだ。

『いずれ、おまえに返してやってもいい』

本俊は自信たっぷりに笑った。

『ひよっこが力量つけたと、俺が認めたならな。そのために、しっかり勉強してこい』

一時は大学を辞めて、本俊のそばで見習いのようなことをすることも考えた。本俊から離れたくなかった。

しかし、本俊は友那のその願いを退《しりぞ》けた。

『力自慢の人間なら、ありあまってる。おまえが俺の役に立ちたいのなら、なおさらしっかり勉強してこい』

友那が在学していたのは、法学部だった。そこでしっかり法律を学んでこいと言われた。だが、ヤクザとしての活動に荷担するのは、友那にはためらいがある。だからこそ、どうするか考えるための猶予《ゆうよ》期間を本俊は友那に与えたのだろう。本俊がしていることの是非を見定めるためにも、友那に知識は必要だった。

——見極めていきたい。

本俊にとって自分が天使だというのなら、本俊が間違ったところに踏み出すことがないように、友那はちゃんと勉強して是非を判断できる人間になりたい。羅針盤《らしんばん》のように、本俊を導ける人間になりたい。

――本俊とぶつかるかもしれないけど。

『わかった。じゃあ、ちゃんと卒業できるか、資格取れるまで帰らないから！』

友那が意気ごんで宣言したとき、本俊がいきなり渋い顔をしたのを思い出して、友那は一人で笑ってしまう。眉間には皺《しわ》が寄っていた。

『もうじき、正月だ』

『……うん』

『正月には、一家揃って団結を新たにするしきたりだ。二月には、元神城だった人間と、盃直しの儀式もある。おまえにも出席してもらわなくてはならない。これはおまえの義務だ』

つまり、マメに戻ってこいと言いたいのだろうか。

突き放したことを言う本俊なのに、そういう矛盾したところが可愛い。本俊相手に可愛いなんて変かもしれないけれども、自分に会いたがっているのがわかって、くすぐったいように心が温かくなる。

――本俊、寂しがってるかな。

近いうち、こちらに仕事でやってくると言っていた。正月まで待ちきれないのだろうか。本俊の腕に抱かれることを想像しただけで、身体の芯のほうが熱くなってくる。

見上げていた空に、白いものが混じった。

——あ。雪だ。

本俊に見せてあげたいな、と思う。

——いつ来るのか、電話して聞いてみよう。

しばらく懸命に勉強をして、試験も頑張って、正月には早めに帰ってもいい。クリスマスを本俊と過ごしてみたいと告げたら、本俊はどんな反応をするだろうか。

窓を閉じようと立ち上がったとき、身体の奥にかすかな痛みを感じた。

しばらく会えないからと、昨日は朝方までずっと抱かれていた。

友那の肩を抱きすくめて、本俊がささやいた言葉を覚えている。

『何かあったら、いつでも俺を呼べ。毎日でも電話しろ。どんなたわいのないことでもいいから、教えてくれ』

なかなか離してくれなくて、新幹線に乗り遅れそうだった。

『おまえは、俺が守るから』

最後に、そう言われた。

息苦しいばかりの愛情と束縛を感じる。

友那の全ては、とっくに本俊のものだ。遠く離れているのが切ない。だけど、心はいつも結ばれている。本俊もそう感じてくれているだろうか。

「本俊……」

白い息とともに、友那は小さくつぶやいた。
——大好き。
強く抱きすくめてくれた腕を思い出す。
電話が鳴った。
たぶん、本俊からだ。

END

思い出

遊び疲れて、自分の膝を枕に眠っている幼い友那《ゆうな》を、本俊《もとみね》は飽きず見下ろしていた。軽くカーブを描く反り返った睫は、白くて少しぷっくりとした、子供子供した頬に影を落としている。ほっそりとした身体は軽く横を向いて丸められ、無防備に本俊の前で投げ出されていた。

姐さん譲りの顔立ちだから、大人になったらさぞかし美人になるだろうと、神城《かみしろ》組の組員たちが冗談のように口にすることがよくある。その内向的な性格とも相まって、女の子だったらさぞかし良かっただろうに、というよけいな言葉を付け足されて。

友那は歴史のある神城組の、代々の組長の家に生まれた次男坊だ。

そうでなかったら、自分が子供の世話などすることはなかっただろう。子守など押しつけられたことに苦笑するような気持ちはあるが、上の命令だから逆らうことはできない。いくあてもなく、この先の生き方も見つけられずにいた本俊を拾ってくれた組長の恩義に、多少なりとも報いたい気持ちはあった。

——にしても、どうして俺に大切な子供を預けるのか。

そのことが、本俊の胸に引っかかる。

組長と言えども、人の子だ。二人の子供は、目に入れても痛くはないはずだ。そんな大切なものを預けるほど、自分は組長に信頼されているのだろうか。考えてみても結論が出ないまま、本俊は窓に顔を向ける。その隙間からは、綺麗に手入れされた庭が見えていた。

人を刺してからこのかた、本俊は微笑むことすら忘れていた。罪を償うことはできたが、あの瞬間から、自分の中から感情が抜け落ちたようだった。憎しみや怒りを感じないですむ代わりに、楽しいと思うこともない。

だが、友那と出会ったときから、少しずつ何かが変化しているような気がしていた。

組長に引き合わされたとき、友那は本俊を吸いこまれそうな大きな目で凝視してきた。そんな子供を、本俊は無表情で見つめ返すことしかできないでいた。

真顔でいるだけで、子供を泣かせたこともあったぐらいで、今回も泣かせてしまうかと心のどこかで思った。そのとき、友那のほうからおずおずと、恥ずかしそうな笑みを向けてきた。

『もとみね？　……よろしくね』

そう言って、ぎゅっと本俊の手をにぎってきたのだ。

その小さな手のぬくもりに、不意に鼓動が跳ねあがった。こんなふうに接されるとは思っていなかった。自分の感情が久々に動くのを感じた本俊は、まじまじと友那を見た。

友那の表情の中には、不思議と怯えのようなものは少しもなかった。女の子のように愛らしい顔は少しだけ緊張に強張っているようだったが、本俊が手をにぎり返すと、花がほころぶように笑ってくれた。

——可愛らしかった。

その顔から、目が離せなかった。

そのときから、友那は本俊にとって、特別の存在になったのかもしれない。

気をつけて友那を見るようになったが、天真爛漫《てんしんらんまん》というタイプではないらしい。むしろ人見知りで、他の組員には友那のほうから話しかけることはなかった。

なのに、友那は何かと本俊には近づいてきた。

『本俊。おやつ、一緒に食べよ』

神城組の本陣の中はだだっ広く、古い造りだからとても寒い。猫が人に懐くように、友那は理由を探して少しずつ距離を縮めてきた。そっと背中を押しつけて、本俊に寄り添ってきたのは、出会って何日目のことだろうか。

本俊が拒まないのを見て、友那は安心したようにそれからもくっついてくるようになった。

友那と一緒にお茶を飲み、おやつを食べたりする時間が、本俊にとっては次第に安らぎとなっていた。

夜に兄と怖いテレビ番組を見て眠れなくなったときには、夜中に本俊を探し回り、一緒に寝ようと頼んできたこともある。その日の夜中には、トイレにも付き添わされた。

『本俊？　そこにいる？　いなくなっちゃ、ダメだよ』

しっかりとした長男と比べて、友那は年相応の子供だった。他の組員は怖いようで、避けてばかりいるというのに、本俊にはやたらと近づいてくる。

――猫みたいに、警戒心が強いけど。

だが、一切怖がらせなかったからか、友那は直《じき》に全面的に懐くようになった。

今も、本俊の前で安心しきって眠っている。

組長や姐さんは、友那が懐いているのだから、と子守を積極的に本俊に任せるようになっていた。本俊のほうも友那の存在に慣らされ、その姿がないと自然と目で探すようになった。

――だが、どうして、友那は俺に懐く？

そんなふうに、自問する気持ちが本俊にはある。年が近いからだろうか。本俊の中にある闇を察知するのか、他の組員は近づこうとしないというのに。

以前、気味悪そうに、組員に言われたことがあった。

『てめえ、人、殺ってるだろ』

――殺っちゃあいねえ。

だが、そのつもりで人に刃を向けた自分は、すでに人殺しと同じ領域に入っているのだろうか。結果として相手は生き延びただけであって、すでにその境界は一度越えていた。

幼い友那は、そんなところまで気づいていないだけなのだろうか。

成長するにつれて本俊の中にある不気味なものに気づいて、自然と避けるようになるに違いない。

そう思うと、友那と関わるのが疎ましくなる。膝で無防備に眠っている友那の重みが急に煩わしいものに感じられて、本俊はそっとその身体を膝から下ろそうとした。

起こさないように注意したつもりだったのに、動きを感じ取ったのか、眠っていた友那が小さく声を漏らした。

「ん、……っ」

むずがるように頬を本俊の太腿にこすりつけ、顔を左右に振ってぎゅっと眉を寄せる。それから、不意に目を開いた。

その幼い視線が、ぼんやりと宙をさまよう。

だが、本俊と目が合った瞬間、友那はホッとしたように微笑んだ。それから頬を本俊の太腿に押しつけ、眠りへと落ちていく。

だが、その一瞬の、本俊に向けた甘ったるい表情が、心に灼きついていた。どうして自分にあんな無条件の信頼を向けてくるのかわからず、本俊はそろそろと身体の力を抜いた。

――参った……。

力には力で、憎しみには憎しみで対抗することならできる。

だけど、今のは反則だ。幼い子供を守りたいといった感情がうごめいたことで、心の奥底に奇妙な痛みが生まれている。

胸の奥がうずくような甘ったるい痺れに、しばらく本俊は意識を奪われていた。

——オヤジが俺に友那を任せたのは、これが目的か？

ペットセラピーに似た、幼い子供による癒しの効果を期待していたのだろうか。

苦々しい笑みは、久しぶりの自然な笑みへと変化していった。

本俊はそっと、膝の友那に手を伸ばす。

寝乱れた柔らかな髪をてのひらで包みこみ、その丸い頭部をなぞるように撫でてみる。そんなふうに愛しげに友那に触れたのは、初めてだ。

自分のしぐさや、てのひらから戻ってくる柔らかな髪や肌の感触にとまどっていると、眠っている友那は無意識に、本俊の手に身体を擦り寄せてきた。

そんなしぐさが、本俊の胸にさらなる惑乱を広げた。いつになく温かな感情がわき上がってくる。

そんな感覚に夢中になってずっと撫でていると、しばらくして友那は寝返りを打ち、瞼を震わせて、また眠そうに目を開いた。

自分を撫でる本俊を夢見心地な表情で見つめた後で、また笑う。

「もとみね。……ずっと、一緒にいようね」

友那は子供独特の勘で、本俊が根無し草同然の状態でいたことを見抜いたのかもしれない。

そんな笑みと言葉が、本俊に人としての感情を取り戻させた。

——だけど、俺はその言葉を裏切って、友那のそばから姿を消すことになった。

友那はそんな約束のことなど、覚えてはいないことだろう。だけど、本俊の胸には、抜けない棘のようにずっと引っかかっている。

姐さんとの関係を疑われ、嫉妬に駆られた組長に破門だと告げられたとき、下手に言い逃れても無駄だと悟った。このまま姿を消すのが、一番だとわかっていた。それでも、馴染んだ神城の組から去るのは、身を引き裂かれるように苦しかった。

一番の引っかかりは、友那とのことだ。

——俺が、守ってやろうと決めた。

組は長男が継ぐようだし、友那は組には関わらないようだから安心はしていたが、立場上、何か苦しいことがあったら自分が助けてやりたいと思っていた。

おそらく友那は、家族のように懐いている本俊がいきなり消えたら、自分を恋しがって泣くだろう。

何も説明できないと心に決めていたものの、姿を消す前の晩、本俊は心の中でだけ友那に別れを告げたくて、部屋に忍んでいったのだ。

もう寝ているだろうと思っていた夜遅い時間だったが、そっと襖を開くと友那の枕元に置かれたスタンドから明かりが漏れているのに気づく。

布団の中で本を読んでいた友那が、本俊に気づいてにこりと笑った。

「本俊」

子供の成長は驚くほど早い。

この二年で友那の身長はだいぶ伸び、身体つきもだいぶ変わった。顔立ちからも子供子供したところが消えて、人目を惹くほどの綺麗さが感じられるようになってきている。

だけど、友那が本俊に向けてくる笑みは、少しも変わってはいなかった。

無条件の信頼を向けてくる友那を前にすると、本俊の心は驚くほど安らぐ。姐さんとの関係を密告され、猜疑《さいぎ》心で凝り固まっていた心が、解放されたようにすっと楽になった。

明日からこの笑顔を失ってしまうのかと、思っただけでキツい。ずっと自分が友那の面倒を見てきた気分でいたが、救われていたのは逆に本俊のほうではないだろうか。

「友那様。まだ起きていらしたんですか」

本俊は丁寧に言って部屋の中に入り、友那の枕元で正座した。友那は本俊のほうに寝返りを打って、照れくさそうに言った。

「うん。……面白くて、最後まで読んでおきたくて」

友那が持っているのは、推理小説のようだった。

何か用なの？　というように、友那の目が問いかけてくるのがわかる。友那は本俊といると、いつでも一生懸命話すことを探しているような話しかたをする。だが、本俊は用件を切り出せなかった。

これからいなくなる、などと伝えたら、友那は驚いて理由を尋ねてくるだろう。だが、姐さんとの関係を密告されたなどと、生々しい理由を話すわけにはいかない。

だからこそ、本俊は黙って友那の顔を見るしかない。

成長するにつれて、研がれたように綺麗に整っていく友那の顔立ちは、驚くほど姐さんに似てきていた。

友那が姐さんに似ているのか、姐さんが友那に似ているのか、区別できなくなるときが本俊にはある。綺麗に化粧した姐さんを前にして、その顔立ちの中に友那を重ねることがあった。

そんな本俊の眼差しが、もしかしたら姐さんを誤解させたのかもしれない。

結婚し、幸せであったとしても、女性は惑うことがある。あの晩、姐さんは何らかの心の迷いを抱えていたのかもしれない。

本俊の視線に気づいたのか、姐さんが振り返った。

その眼差しに艶っぽさが含まれているのを感じ取りながらも、本俊はそのまま視線を外せずにいた。

そんな本俊に、姐さんはそっと身体を寄せてきた。ふっと甘い匂いが鼻に抜ける。唇が重なりそうになった一瞬に本俊の頭に浮かんでいたのは、不思議と友那のことだった。

——え？

不意に、自分が口づけたいのは姐さんではなく、頭の中の友那なのだと気づく。だけど、本俊の性癖はノーマルだったから、姐さんに友那を重ねていたのだと。

本俊の肩がびくりと震えた。

唇が触れそうになった寸前に、本俊はとっさに身体を引いていた。立場を無視したとしても、姐さんとキスするわけにはいかない。姐さんは本俊にとって、単なる身代わりでしかない。そのことが、ハッキリとわかった。

姐さんとの間にあったのは、それだけだ。

姐さんは身体を引いた本俊に、からかうような切なそうな表情を浮かべた。

だけど、深追いすることなく、立ち上がって隣室に消えた。

密告されたように、密通があったわけではない。だが、何もないわけではなかった。だからこそ、本俊はこの神城の組から去らなければならない。

――このまま姿を消したほうがいい。

決意も固めていた。

なのに、友那と顔を合わせただけで、未練がわく。

このまま友那の成長を、間近で見守っていたい。だが、日々成長していく友那を相手に、いつか自分が道を踏み外しそうで怖かった。

そんなことになったら、友那は二度と本俊に、今のような無防備な、信頼しきった笑みを向けてくれなくなるだろう。

——いや。……俺は何を怖れてる。

考えても意味はないことだ。自分は、この神城の家から去ることを決めている。

本俊は友那の手から本を奪い、そこにしおりを挟んで枕元に置いた。

「そろそろ、眠りませんと。また朝、起きられなくなりますよ」

本俊が言うと、友那は素直にうなずいた。そんな友那の肩まで、本俊は丁寧に布団をかけ直す。これで最後だと思うと、必要以上に丁寧になった。

友那が目を覚ましたら、もう自分はいない。最後に友那の姿を瞼に灼きつけておきたくて、本俊はなかなか視線を外せずにいる。

そんな本俊の視線には気づかず、友那は諦めたように長い睫を閉じた。

「ん……。本俊、お休み」

本俊はそっと手を伸ばして、軽く友那の髪を撫でる。滅多にこんなことをすることはなかったが、てのひらに戻ってくる髪の柔らかな感触に、幼い日のことを思い出して、不意に胸が苦しくなった。

友那は本俊に全てをゆだね、気持ち良さそうにしている。この神城の組の中で、人見知りでヤクザらしくない性格の友那が孤立しているのは知っている。自分なしで、友那はこの先、成長していけるのだろうか。

——大丈夫だ。友那は、見かけよりもしっかりしている。

本俊は心の中で自分に言い聞かせた。

指先に触れる友那の肌や髪の感触が、胸の内側に無数の小さな傷をつけていく。

友那が男ではなくて女だったら、自分はどうしていただろうか。友那も女として生まれていたら、この神城の家との間で、軋轢《あつれき》を抱かずに成長していけただろうか。

考えても仕方のないことだ。もしもは存在しない。限りなく愛しくて守りたい相手を残して、自分は消える。

一言も、別れの言葉すら伝えずに。

そのとき、ふと思い出したように友那は口を動かした。

「……明日、……買い物に行くんだよね」

そろそろ衣替えだから、服や学用品を買いに行こうと約束していた。そのことを、本俊は完全に忘れていた。たわいもない約束だったが、自分はそれをすっぽかすことになる。

「そうですね」

いなくなることは告げられなかった。

友那は目を閉じたまま、眠そうに言ってくる。

「明日、学校終わるのは四時半だから、駅前で待ってて」

買い物のときには、本俊の運転する車で向かう。

友那は明日、駅前で自分を探すだろう。どれくらい、待たせることになるのだろうか。胸がチリチリと痛む。

――そういや、夏に、一緒に海に行こうとも約束した。

他にも、友那と約束したことはいくつかある。全てが、たわいもない口約束だ。だが、これから何一つ果たせない。友那は空っぽの心を抱えて、生きていくのだろうか。友那の中で、自分がどれだけを占めているかはわかっているつもりだった。

――だけど、子供は成長する。

友那のことを引きずるのは、本俊のほうかもしれない。神城の組を出て、これからどうするべきか、まるで決まっていない。何かと友那のことを思い出すだろう。

ぎゅっと手をにぎりしめてきた手の感触を思い出しただけで、不意に涙がにじみそうになった。

泣くことなど、一生ないはずだと思っていた。なのに、友那はそんな感情すら本俊に取り戻させる。だが、全てを本俊はシャットアウトする。

「お休みなさい」

それだけ返して、本俊は友那の部屋から出た。

心臓が、血を流しているようだった。

あれからずっと成長した友那の髪に、本俊はまた触れていた。

セックスの後だ。

髪を梳《す》くように指を動かすたびに、友那の表情が気持ち良さそうなものへと変わっていく。

その反応の愛しさに負けて舌をからめていくと、ほっそりとした身体が小さく震えて、首の後ろに腕をからめられた。ぎゅっと、しがみつかれる。

「っん……」

どれだけ続いたかわからない長いキスを終えると、友那の腕がほどけてすぐそばから本俊を見つめてきた。

満ち足りた、気だるげな表情だ。だが、そんな友那を見返す本俊のほうが、よっぽど満足気なのかもしれない。

ずっと遠回りをしてきた。

友那にどう近づいていいのかわからなかった。友那が女だったら、素直に奪って自分のものにしていただろう。だが、同性ゆえに惑いが生まれた。

それでも、自分の中で荒れ狂う嵐に流され、その身体を思うがままに奪わずにはいられなかった。意志を奪い、人形にすることで自分のそばにいつまでも置いておきたかった。

だけど今、友那は自分の意志で本俊のそばにいてくれる。そのかけがえのなさが、胸に染みた。愛しさという感情に、本俊は翻弄されている。

「今日はどうするの？」

友那は普段は地方の大学に通うために下宿しているが、今日、本俊の求めに応じて帰省していた。

これからの予定を尋ねられて、本俊は少し考える。

神城組の代わりに祭礼を仕切っているところを見せておきたいし、友那を連れていきたい美味な店もたくさんある。

だが、まだ二人きりでいたかった。

「出かけたいか？」

まだ少し熱い友那の腕をつかみ、少し強引に組み敷くと、その顔全体に唇を落としていく。

瞼や頬に触れる本俊の唇の感触に、友那がぞくりとしたように身体を震わせた。拒まれるよりも早くこの身体を悦楽に巻きこみたくて、本俊は尖った乳首を口に含み、ちゅくちゅくと舌先で煽っていく。

「つも、……っ、本俊……っ、も、……いっぱい、……しただろ……っ」

上擦る声で抗議されて、本俊は友那の顔をのぞき見る。

「まだ足りない」

舌先で転がしていると、友那がそこからの感覚に息を呑みながら言ってきた。

「昔、……っ、本俊がいなくなる前、……っ好きな人、……いるかって俺に聞いてきたの、……覚えてる？」

いきなりの質問に、本俊はとまどった。

まだ小学生だった友那に、自分はそんなことを尋ねただろうか。友那の前から姿を消す前日まで、友那への思いを自覚したことはなかったはずだ。

——ああ。……だけど、あったかもしれないな。

無意識のうちに、友那の心を捕らえるかもしれない存在に怯えていたのかもしれない。

「いたのか？」

乳首から唇を離し、唾液に濡れた突起を親指でなぞりながら言うと、友那はひくりとのどを震わせた。

「……っ、好きなのは、……本俊だけだ……よ。だけど、いるって言ったら、……本俊がどんな……反応するか、知りたかった。だから、……いるって……答えたかったんだけど」

「早熟なガキだな」

そのときの友那の『好き』というのは、どんな『好き』だったのかと想像しながら、愛らしい弾力を持つ乳首をもてあそぶのを、本俊は止めることができない。

きゅっと横にひねるようにすると、友那が身体を震わせるのがたまらなく色っぽい。

「……で、……どうした？」

「覚えてない……んだ？」

「ねえな」

「……答え……られなかった。……嘘、……言えなくて。代わりに、本俊は、って聞いた……」

「俺？　どう答えた？」

反対側の突起に軽く舌を這わせながら、本俊は尋ねる。舌先でそこを舐め回すと、本俊の髪にすがるように指を回しながら、友那は言った。

「……いるって、……言ったよ。……好きな人はいるって。……誰なのかは、……教えてくれなかったけど」

乳首を舐められながら、答える友那の声が、どこか苦しげな陰りを帯びているように感じられる。幼いころから、もしかしたら友那は自分のことが好きだったのかもしれないと思うと、舌先の動きがねっとりと淫らなものに変わる。

軽く吸いあげるたびに友那の身体は震え、声に甘いものが混じった。

「ツン、……つぁ、あ……っ」

その声に煽られたようにさらに淫らに乳首を舐め回すと、友那の息がさらに乱れていく。

顔を上げると、友那が涙に濡れた目で本俊を見ていた。その眼差しに誘われるように本俊は上体を近づけ、顎を支えてキスをした。

「……っ、あのときから、……好きだったのは、おまえだけだ」

告げようとも思っていなかった言葉が、思いがけず唇からこぼれ落ちた。友那があまりにも、切なそうな顔をするから、言わずにはいられなかった。

ささやいて、また唇をふさぐ。

あのときの自分が何を考えていたのか覚えていないが、それでもその事実は変わりがないはずだ。自分でもおかしいとわかっていた。だけど、断ち切れなかった。

——ずっと、別れずにいたら。

何かが変わっていたのだろうか。

友那の成長を、間近からずっと見守りたかった。それがかなわなかった心残りが、ずっと本俊の中にはある。

友那のほうも、いつかまた本俊が消えてしまうような感覚が消えないのだろうか。唇を離しただけで、怯えたように友那の腕が首の後ろに回されてくる。

「嘘だ」

「嘘じゃねえよ」

吐息を吹きこむようにささやいてから、本俊は友那の身体をあらためて組み敷き直した。

「そのところを、じっくり思い知らせてやろうな」

友那の存在によって、自分がどれだけ救われたかわからない。

これからも、友那の存在が本俊を導いてくれる。

すがりつく腕の動きに誘われるように、本俊の口づけが熱を帯びた。

愛撫に慣らされた身体が、もっと強い刺激を求めて震え出すのを感じながら、本俊は自然と甘く微笑むことができる。

こんな安らぎが、自分の中にあるなんて知らなかった。

本俊と
ケンカした
今日も明日も
描き下ろし漫画
海老原由里
原案編集部
その日の
夕食に――
ほかーほか
キッ
いつまでも
子ども扱い
して…!

フワリ
好きだろ？
こういうの
ポロッ
はぁぁー
嫌いじゃないから
タチが悪い
いただきます
カッコいいなぁ、もう。

あとがき

このたびは『絶対者に囚われて』を手に取っていただきまして、本当にありがとうございます。これは、二〇〇六年に新書で出た同じタイトルのお話を全面改稿したものです。ストーリーの軸は変わらずに、今の自分的に文章を読みやすく、感情面とかもわかりやすくなるように手を加えていきました。書き下ろしもありますので、新書版を読んだ方も、よろしければこちらも読んでいただければ幸いです。

ちなみに、こちらの続編である『絶対者に奪われて』のほうは、この話よりもさらに大きく手をくわえさせていただきました。二ヶ月後の十月に続編が発売予定ですので、友那と本俊のその後が気になる方は、こちらもどうぞよろしくお願いします。

ということで、七年ぶりに過去の作品に向かい合ってみたのですが、な、……なんか自分、あんま変わってない……？　というか、好きなものの原型が詰まっているような気がします。

好きなものは何かというと、受の放置プレイだよ……！　受にいろいろお道具を仕込んだまま、放置するのが大好きです。好きすぎて、何度やってもまたやりたくなるぐらい好きです！

受の視点で書いてあるので、放置プレイしている最中に攻は何をしているのかは書かれておりませんが、当然、お道具を取りつけた後に無関心にも席を外して戻ってこない振りをして、隣の部屋からじっくり観察していると思います。なので、受が「もうたまらない……っ、攻助けて！」っていう絶妙なタイミングに現れるのは当然というか、当たり前というか、もう攻は早く受に呼ばれたくてうずうずしていますから、というか、これはいっそ攻焦らしプレイなのか？　そんな受放置プレイが、いっぱい書いてあります。うん、またやるよ、受、放置プレイ……！

　そして、大好きなちびっこ時からの出会い。ちびっこ可愛いね！　ちびっこをお膝に乗せた攻は、やはり微妙にムラムラ。そのときに芽生えた思いが、大人になってから大爆発、っていう、まぁ、安定の好きパターン。それを、どうにかシリアスの衣に包んだお話です。二度発行してもらうことで、いろいろ書きこめたような気がするので、二度目に読む方も、初めて読む方も、楽しんでいただければ幸いです。

　このお話にイラストをつけていただいた、海老原由里《えびはらゆり》様。素敵なイラストをつけていただいたおかげで、あらためてこのように出していただけることになりました。生き生きとしたイラストを拝見しつつ、このキャラが動いているような気分で筆を加えさせていただけて、幸せでした。本当にありがとうございます。

　そして、細かいところまであらためてチェックしていただいた担当様。本当にありがとうございました。

　何より、これを読んでいただいた方に、心からのお礼を。ご意見、ご感想など、よろしければお気軽にお寄せください。